DARIA BUNKO

アルファの淫欲、オメガの発情

高月紅葉

ILLUSTRATION minato.Bob

ILLUSTRATION
minato.Bob

CONTENTS

アルファの淫欲、オメガの発情

【1】

　ふいに訪れる胸騒ぎに、キリル＝サルトイはぞろりとした研究着の胸元を押さえた。数日前から変化を感じていたが、思うよりも早い。

　手にしていたガラス管を台へ戻し、実験の結果を書きとめた。

　それから自分の手荷物を探る。取り出したのは手のひらサイズの薬箱だ。中から取り出した丸薬を口に含み、水差しから汲(く)んだ水で飲みこむ。

　すぐには効かないとわかっているから、薬箱を布カバンへ戻してイスに座った。

　冬が長いことで知られるカザンノフは、薬学の国としても有名だ。あちこちの町に研究所と工場があり、薬売りを生業(なりわい)としている国民も少なくない。よその国へ行き、置き薬を売り歩くのだ。

　その効能は広く知れ渡っているが、なによりも名高いのは宮殿に併設された学術研究所だった。格式が高く、研究員となることは最高の誉(ほまれ)と言われている。教授ともなれば、高い賃金で他国から請われることもあるほどだ。

　キリルは、その『国立薬学術研究所』に研究員として名を連ねている。フェドート＝ウルリヒ教授の助手として研究室に入ったのは二十歳になった二年前。
それまでの六年間は学徒として学んでいた。

「どうした、キリル。根を詰め過ぎたか？」

木で作られた扉を押し開けて入って来たのは、研究室の主（あるじ）であるフェドートだ。
研究着のポケットに片手を突っ込み、薄荷（はっか）煙草を口に挟んでいる。火をつけない煙草だが、清涼感が強いので愛好者は多い。

「冬が近いせいで、あちらこちらの研究員が肩を痛めてる。寒くなるのは本当に困りものだ」

ただでさえ、動くことの少ない職種だ。さらに寒さで肩をすくめるせいだろう。秋から春にかけては首の筋を痛める研究員が増える。

「来週あたり初雪だという噂（うわさ）だが、山の方はもう降っているだろうな」

窓に近づく背中で、ひとつに結ばれた長い髪が揺れた。研究員の多くは髪を伸ばしている。キリルも同じだ。

まっすぐ伸びたフェドートの髪とは違い、生まれつきカールのついたキリルの髪は、伸ばしているおかげでまとまっている。

ざっくりと斜めに分けた前髪も長く、顔を半分近く覆っているので、人に表情を見られることはほとんどない。

王立薬学術研究所でも若手の中に入るフェドートは今年で三十四歳になる。彼の研究室に在籍する研究員は総勢五名。それぞれに研究テーマを持っており、キリル以外は他の研究室へ入り浸っている。共同研究とまでは行かなくても、新しい知識を得るための交流は不可欠だからだ。

しかし、フェドートの助手であるキリルが足を向けるのは、研究室以外には図書館のみで、同じ研究室の研究員ともろくに話したことがない。

人と交わることが不得手で、フェドートの陰に隠れるようにしている暗い助手。それが周りから見たキリルだ。

そう思われている方が、ふたりには都合が良かった。

「キリル。……もう一ヶ月が経ったのか」

吐息をつくようなフェドートの声はいつも優しい。

「薬は飲んだのか？　調子が良くないなら、早めに帰りなさい」

「いま、飲んだところです。落ち着いたら、早退させていただいても……」

「もちろんだ。なにか、代わりにやっておくことがあればこなしておくよ。あ、謝るのはなしだ。毎月のことだからもう慣れているし、キリルは優秀な助手だよ」

「すみません」

それでも謝罪の言葉が口を突く。いつのまにか近づいていたフェドートに顔を覗き込まれた。

「うん、顔色が悪い」

からかうように笑いかけてくるのは、キリルの気持ちを考えてのことだ。出会ったときから、フェドートは変わらない。

キリルは全世界的に絶滅寸前と言われている『オメガ』だ。

そのことを知っているのは、キリル自身と、フェドートの父・ウルリヒ教授、そして、息子のフェドートだけだった。

女性と同じように生殖器を体内に備えた男性種のオメガは、月に一度の発情期に発せられるフェロモンの強さと妊娠出産という奇異な能力から差別された歴史を持つ。性的愛玩物として乱獲の対象にもなった上に、現在もほとんどは売春窟に売られる運命で、要するに人間とは見られていない。

同じく少数特性のアルファが貴種として崇められるのとは真逆の扱いだ。アルファが尊ばれるのは、平民の家庭で生まれることが皆無に近く、多くは王族の血筋に顕現するからだとも言われている。

生まれつき知能が高く風格と人望を兼ね備えているので、たとえ現王と血筋が遠くても王位継承権の上位になれるほどだ。現在は王の実子である第一王子がアルファだと噂されていた。

「あんまり、近づかないでください」

キリルが身を引くと、フェドートも両手をあげて後ずさった。

オメガが発情期に放つフェロモンは甘く香る。普通種とされているベータは男女問わず惑わされやすいのだ。

他国の研究所へ引き抜かれたウルリヒ教授が研究していた薬のおかげで発情期のフェロモンを緩和抑制しているとは言え、症状がきついときには相手が理性をなくすほどの欲情を誘ってしまう。

だから、キリルは月に一度、発情期が訪れるたびに一週間程度の休みをもらっている。表面上は他の町で行われる座学研修への連続参加ということになっているから、昼も夜も家を出ることはない。

「本当にさっき飲んだばかりだから。薬が効くまでは」

フェドートとじゅうぶんに距離を置いてから、キリルはホッと息をつく。

発情期の兆候が出始めた十二歳まで、キリルはごく普通に暮らしていた。症状が出ても未成熟だった二年間は発情期が不順だったため、実の兄が翻弄(ほんろう)された。

そして十四歳のとき、父親から犯されそうになったのを機に母親にも見捨てられたのだ。

幼さの残るキリルによって、家族全員が性的な欲求に惑わされたことはたやすく想像できた。

一旦は孤児院へ収容されたが、フェドートの父と出会う偶然がなければ、そのまま売春窟へ売られていたに違いない。それとも、施設の中で性的な虐待をされていたか……。

キリルが誰にも性的な強要を受けずにこられたのは、オメガのフェロモンを研究していたウルリヒ教授がオメガ差別反対論者だったおかげだ。子どもを抑制剤投薬の被験者にすることにさえ心を痛めるぐらい優しい人だった。

「うん、離れていよう」

その血を引き継ぐフェドートも紳士だ。ごり押しのコネで研究所へ入ったキリルをこれまで、何度もかばってくれた。

だからキリルは、ふたりのためにも必死に勉強したのだ。

発情期を持つオメガは生殖と快楽のためだけの存在だと言われているが、ウルリヒ親子だけはキリルの可能性を信じていた。からだが弱くて机にかじりつけない人間なら掃いて捨てるほどいるのだから、発情期の一週間をふいにするぐらいで落ち込むな、とフェドートから叱咤されたこともある。

「君は本当に無駄のない実験をするなぁ。一週間寝込んで、ちょうどいいぐらいだ。集中力が他とは違うよ」

フェドートは笑いながら机の上を眺めた。実験結果が開いたままだ。

「これさえ、なければ……」

思わず洩れる自虐も笑い飛ばされる。

「それは欲張りだな。個性だよ、個性。わたしだって、できるなら学者以外になりたかった」

腕を組み、背をそらす。フェドートの夢は、登山家だ。

特に雪山が好きなのだが、事故でもあったら大変だと難易度の高い登山は許されない。国立薬学術研究所の教授ともなれば、国の宝のひとつと見なされるからだ。

「雪山は……危ないですよ」

「高い山には登らないから平気だ。キリルが教授職に就いてくれれば、いつだって引退するのに」

「やめてください。フェドートが言うと、まるで冗談に聞こえない。僕にはそんな実力はありません。それに……」

目立つポジションにつけば、オメガだということが人に知られやすくなる。

キリルの心を知っているフェドートは、素知らぬふりで顔を伏せた。と同時に、手を打つ。

「そう言えば。明日はゲラシム様が視察に来られる。兆候が出ているなら家からは出ないように」

「いつ決まったんですか？」

ゲラシム＝ベーヴェルンは第二王子だ。王位継承権でも二番目に位置している。

「ついさっきだ。王妃様にお出しする新しい薬の説明を聞きたいと……。書類はどこにあったかな」

「出します」

キリルは静かに立ち上がった。

他国から嫁入りした王妃こそ、ゲラシムの母だ。

しかし、第一王子トリフォンの産みの母ではない。トリフォンの母が不慮の事故で亡くなったため、新たにやってきた姫君だった。

カザンノフの長い冬になかなか適応できないようで、年を追うごとに体調を崩しやすくなっている。先天的な体質が原因ではないかというのが医師の見立てであり、薬学術研究所へ専用薬の調合と投薬の依頼があったのだ。

担当しているのはフェドートだが、実際はキリルが受け持っている。

これまでの体調や病歴、投薬の記録を元にして、ようやく新たな投薬プランを作り上げたところだ。病の原因がどこにあるのかは、投薬の結果を見ればわかるだろう。

キリルは壁に備え付けられた書棚から関係書類の束を取り出した。

「アルファ性をお持ちなのは、トリフォン様だと聞きました」

「わたしはゲラシム様の方が生粋だと思う。継承権争いの火種にならないように隠しているのだろう」

フェドートの気鬱そうな声は、キリルの身を案じているからだ。オメガであることがアルファに知られたら、まずまともな生活は望めない。

生まれながらにして優秀なアルファは生殖本能が強く、かなり頑丈なベータでも抱きつぶされてしまう。性的に満足できないと性格が攻撃的になることさえあるという。

古来、アルファとオメガは『つがい』と呼ばれるパートナー関係を持ち、アルファはオメガを保護し、オメガはアルファの生殖本能の欲求を満たすという相互関係にあった。

それが変わり始めたのは、戦争によってアルファの数が減ったせいだと言われている。アルファに求められることによって『つがい』の関係を結ぶオメガは、相手を亡くすか、一方的に関係を断ち切られた場合、精神バランスを崩してしまうことがほとんどだ。それが後の差別を生むきっかけにもなった。

いま存在しているオメガの多くは、地位の高いアルファの慰み者になり、面白半分に『つがい』にされた結果捨てられ、自死も選べずに精神を病んだ『瑕疵性オメガ』だ。

運が良ければ別のアルファに囲われることもあるが、ほとんどは売春窟でベータ相手にからだを売ることになる。

その挙げ句に妊娠した場合、必ず出産させられる。生まれた子がオメガなら、売春窟にとっては金のたまごだからだ。誰にも犯されていない『未通性オメガ』はベータの好事家たちの間でも価値が高く、誰に売ってもかなりの高額で取引される。

キリルもそうなる運命だった。

もしかしたら、相手はトリフォンかゲラシムだったかもしれない。だが、それも幸福とはほど遠い話だ。『つがい』にされて捨てられることは、不特定多数のベータからもてあそばれるよりもいっそう傷が深くなる。

ウルリヒ教授に助けられる前、キリルが孤児院で会ったオメガはすでに精神崩壊を起こしていて、どんな男でも『つがい』のアルファだと思い込んで足を開いていた。

悲惨な行為だったが、そのむせかえるような色気だけは大輪の花のように甘美で、見てはいけない淫蕩(いんとう)の世界だった。

同じものが自分の中にもあることを、キリルは考えないようにしている。抑制薬で散らしてもなお発情期はつらい。まだ人肌を知らないからいいものの、知ってしまったら眠ることもできなくなるだろう。

ウルリヒ教授からは、一生、誰ともからだを繋(つな)がない方がいいと助言されている。その通りにすると、キリルも決めていた。

正気を失ってしまうのも、誰彼かまわず行為に及ぶのも、悲痛な未来だ。

書類の中身を確認していたフェドートが顔をあげた。

「キリル。もう、帰った方がいい。送って行こう」

前髪で顔を隠していても落ち込みは悟られてしまう。苦々しく表情を歪(ゆが)め、キリルはうなずいた。

ここ数ヶ月、薬の効きが悪い。二十二歳になり、からだが成熟したせいだ。妊娠どころか性交さえ知らないからだは、バランスを欠き始めている。

フェドートには言い出せず、この冬が終わったらウルリヒ教授に会いに行こうとキリルは決めていた。助言をもらい、対応策を考えなければならない。

性欲を抑える薬も独自に研究しているが、オメガにとっては逆の効能になる場合も多く、先達の知恵は不可欠だ。

「一緒に乗って行くから、車を頼もう」

「歩けますよ」

「外は冷え込んできた。帰って風呂を沸かすのは億劫だろう」

待っているようにと声を掛けられ、キリルは素直にうなずいた。まだ薬が効かず、からだの奥が疼き始めている。肌が熱を持っていると自分でもわかった。

フェドートが足早に扉へ向かう。その途中で、扉を叩く音が響いた。

扉へたどりついたフェドートの背筋が、来訪者の声を聞くなり、ピンと伸びる。

とっさに振り返った視線の中に戸惑いを見つけ、キリルが身を隠そうとしたときには扉が大きく開かれていた。

先に入って来たのは若い従者だ。そして、その脇から、ドレープの美しい肩布をつけた青年が現れる。

広い肩幅の長身は、きっちりと計ったように均整が取れている。波打つ漆黒の髪は短く、毛先が若々しく逞しいうなじに添う。前髪の先端は、緑色の瞳へとわずかにかかっていた。

「ようこそおいでくださいました。ゲラシム殿下」

フェドートがそばに片膝をつく。書棚の前にいたキリルも同じように振る舞った。ここでは仰々しいぐらいの作法だったが、おかげで机の陰に隠れることができる。

「おおげさなことはやめろ。フェドート＝ウルリヒ教授だな」

「はい。このような場所までわざわざお運びいただき……」

「明日の予定だったが、都合が変わったのだ」

口を開いたのは、扉を押さえていた男だ。ゲラシムの侍従だろう。艶やかな声は主に似て響きが良い。

「専門的なことよりも、投薬のプランの根拠を聞きたい。殿下は医師の投薬が王妃の体力を奪ったのではないかとお考えだ。陛下の承認を得る前に、そのあたりの説明を」

予定より一日早くやってきたのは、不意を突くためだろう。準備のない状態でどれほど説明できるかを確かめる意図があってのことだ。

研究室に任したとは言え、実際に案件を受け持つのが教授でない可能性まで見抜いている。

「それでは、お作りした投薬プランをご覧いただきましょう。キリル、飲み物を頼んできてくれ」

逃げ出すきっかけを作ってくれたフェドートの言葉に従い、キリルは素早く立ち上がった。

ゲラシムは実験用机の反対側へと案内される。

端正な美貌の王子としてだけでなく、寛大な人格者としてもゲラシムの人気は高い。研究所への視察も定期的に行っているし、国内の福祉を充実させる団体への寄付も惜しみない。そのどれもを自分の目で見て確認する生真面目さはだれもが認めるところだ。

「エラスト。おまえが行って来い」

涼しげな声が凛と響く。フェドートとキリルは同時に緊張した。

「この研究室で手が空いていそうなのは、キリルという男だと聞いて来た。その男が母上の投薬を担当するのだろう？」

「彼は助手です。プランについては、わたしが責任を持って……」

「そういうことを言うと、後で手柄を渡すことはできないぞ」

ゲラシムはおもしろがるように笑い、扉を閉めたばかりの侍従をあご先で促した。男が一礼して部屋を出ていく。

「おまえがキリルだろう。ウルリヒ教授が施設から拾ってきたらしいな。出どころは怪しいが、優秀さを否定する所員は皆無だった。サルトイの姓はウルリヒ教授の奥方の家系だな。養子に入る前の情報が残っていないのはどうしてだ」

「彼は孤児です」

フェドートが答える。

「施設を対象にして行われる潜在的知能テストで拾い上げられました。わたしに勝るとも劣らない男です」

「母上に関することを売名に使われるのは不愉快だ」

ゲラシムは強い口調で言い放つ。キリルは後ずさって、こうべを垂れた。

フェドートは目の前のイスを引き、ゲラシムに勧める。

「おっしゃる通りでございます、殿下。お噂通りのご慧眼でいらっしゃる」

ゲラシムが座るのを待たずに書類を机に並べた。押しの強さは父親譲りだ。

「これはすべて、キリルが作りました。こちらがこれまでの投薬と治療などに関する検証結果。それを元に集めた、想定される病と症状の情報。導き出された投薬プランは三種です」

「で、医師の投薬に不備は？」

イスに腰かけ、長い足をもてあますように組んだゲラシムは、机を指先で叩いた。声はキリルへ向く。

「責任の追及は酷です」

フェドートが答えたが、

「あの男に説明させろ」

ゲラシムから冷たく退けられる。キリルは視線を伏せた。王族に対して視線を控えることは礼儀のひとつだ。

それがありがたい。フェドートが言った通り、ゲラシムは生粋のアルファだろう。アルファ性の人間と会うのは初めてだったが、離れていてもそれがわかる。

心臓が高鳴り、肌がいっそう熱を帯び、心乱されるのに安堵する。オメガの本能なのかもしれない。強い雄を前に、畏怖と尊敬が混じり合って苦しいほどだ。

キリルは緊張した面持ちのまま、口を開いた。

「……投薬を進めることによって、責任のあるなしははっきりします。処罰をお考えでしたら、それからでも遅くないと存じます」

「どういうことだ」

ゲラシムの声に厳しさが増す。しかし、キリルは続けた。フェドートには言わなかったし、書類にも残さなかったが、疑問はキリルも感じていたのだ。

ゲラシムがここに来た理由も、それを秘密裏に探りたい思惑からだろう。王妃が暗殺されようとしているかどうかだ。

「医師の判断に責任を負わせることは、今後の各種治療の萎縮に繋がります。ですが、殿下のご心配の通りであれば、こちらで作りました投薬プランに現れます」

「おまえも疑っているということだな」

「杞憂(きゆう)である可能性もあります。王妃を担当した医師は優秀な方ですし、経験も豊富です。ただ、王妃の祖国には、こちらではまだ知られていない病もあるとのことですので、やはり慎重になられた方が」

「フェドート、おまえはどう考えている」

「すべては彼に任せていますので」

声を掛けられたフェドートはさらりと逃げた。手柄に固執する教授なら、自分の発案だと声高に主張する場面だ。

　ゲラシムは不思議そうに首を傾げ、フェドートとキリルを見比べた。

「なるほど。ウルリヒ教授の愛弟子ふたりか。いいだろう。結果を待つことにする。フェドート、弟弟子の功績を急ぐなよ。キリル。おまえなら、医師の投薬の意図も読めるということだな」

「時間はかかりますが……。最重要課題は、王妃様の体力気力をお戻しすることと心得ています。プランが認められ、実行されるまで、どうぞ、お平らかにお過ごしください」

「キリル＝サルトイか」

　口の中で転がすようにつぶやかれ、キリルは内心で怯えた。アルファの声はまるで脳髄を痺れさせる麻薬のように深く響いてくる。

　理性がぐらぐらと揺れ、足音が近づいたことに気づかなかった。ゲラシムの行動は、フェドートでは止められない。

　ただ近づくだけなら、なおさらだ。

　気が付いたときにはあごを掴まれていた。顔を隠す前髪が指で分けられる。一瞬だけ視線が合い、キリルは射すくめられたようにからだを硬くした。凛々しいゲラシムの眼差しが顔をじっくりと観察していく。

「殿下。キリルは人見知りの激しい性質なのです。どうぞ、おからかいになるのは……」

頃合いを見たフェドートの言葉に、ゲラシムは冷笑を浮かべた。尊大な態度だが、それが見惚れるほどによく似合う。

「いい匂いだ」

キリルにだけ聞こえるようにささやき、あごから離した指先で喉元を撫でられる。立っているのがやっとのキリルは、ごくりと生唾を飲んだ。生まれて初めて感じる本物の欲求に、下半身が激しく脈を打つ。

「フェドート。ウルリヒ教授は、オメガ保護の研究をしていたな」

振り返ったゲラシムの言葉は、キリルだけでなく、フェドートのことも凍りつかせた。研究をしていること自体に罪はない。だが……。

「キリルは本当に知能テストだけが理由で拾われたのか」

「殿下！」

フェドートが駆け寄ってくる。

「ベータの人間にオメガの疑いをかけることは、最大の侮辱です！　ましてや、キリルは父の後に続く優秀な人材です。……お気を悪くされたことがあるのなら、処罰はいかようにも。しかし、オメガの疑いだけはお取り消しください。彼の今後に関わります」

キリルの腕を掴んで両膝をつかせたフェドートは、自分も同じように謝罪の体勢になる。

「ここが密室だから言っただけだ。だが、私も瑕疵性オメガの発情に居合わせたことぐらいはある。研究所の人間は堅物揃(ぞろ)いだろうが、宮殿には悪所通いを好むものもいる。この匂いをさせて来るなよ」

「……ご忠告、痛み入ります」

フェドートは震える声で答えた。王族に対して真実を偽ることは重罪だ。それでも、キリルをかばってくれる。

「匂いの原因は、研究途中の強壮剤ではないかと思います」

「そうか。それは悪かったな」

見下ろしてくるゲラシムはあきらかに笑いをこらえていたが、それ以上は問い詰めずにその場を離れる。戻って来たばかりのエラストに声を掛け、そのまま研究室を出て行った。

「フェドート。あなたにまた嘘(うそ)を」

「そんなことを口にするな。嘘ではない」

オメガの発するフェロモンを一般化できれば、と強壮剤開発の構想を立てたのはウルリヒ教授だ。オメガの性的魅力が際立ったものでなくなれば、『差別』は単なる『区別』になる。

「もしもゲラシム様がアルファだとしたら……」

キリルの言葉に首を振ったフェドートが立ち上がる。

「トリフォン様もアルファだ。第一王子でいらっしゃるし、継承権の順位は妥当だろう。だが

「……」

　もしも王妃が自分の子が王位を継承することを望んでいるとしたら。事実はそうでなくても、第一王子が疑念を抱いているとしたら。

「ゲラシム様はトリフォン様と比べものにならないほどの人格者だ。おまえのことも見逃してくれるだろう。……それはそうと、キリル。あの書類は完璧だから、疑惑については今後もおくびにも出さずにいてくれ。……いつ気づいたんだ」

「初めからです。医師の診断を精査している段階で疑問が生まれました」

　キリルもその場から立ち上がる。ふたりは手近なイスに腰かけた。

「なぜ言わなかったんだ」

「……政治が絡むことに関わるのは危険だからです」

「本当に優秀だな」

「どのプランが採用されても、真実は露呈します。王妃様は南の国の出身なので、おそらくは冬の気鬱のせいで精神を病まれてるんでしょう。……この国の医師には診断が難しい」

　キリルは肩をすくめて笑った。人間が得る病のほとんどは気持ちからくるものだ。

「おそらく宮廷医師会は『プラン３』を選ぶはずです。そうでなければ、資質を問われる問題です」

「ん？　それは……」

書類を取って戻ったフェドートが他のプランを見直す。

「宮廷医師会は、いままでの経過を熟知していると仮定します。その場合、『プラン１』ならばこのラインの投薬が、『プラン２』ならばこのラインの投薬が問題となります」

王妃の身に害はないが、少々荒療治になる。

「もしもこのふたつのどちらかが選ばれたらどうするんだ」

「投薬プランはあくまでもプランです。経過審議のたびに微調整を加えれば問題ありません」

「医師会は２を選ぶと思うんだが」

「……そうですね。その場合は、この投薬が無効の結果になると思います。王妃様の祖国の主食にはこれに対抗する栄養素が多いんです」

「まるで謎解きだな」

「必ず回復していただきます。研究室の沽券に関わりますから」

「最終的にはキリルの手柄にして教授職に推薦するよ。そうしたら、わたしは雪山に入り浸りだ」

「……名誉教授に昇格なのでは」

「なに。それは困る」

ますます身動きが取れない国宝級の扱いが待っている。

「僕が教授になれるような奇跡が起これば、中級クラスの山には登れるようにしますから」

「早めに頼むよ」

大きく伸びを取ったフェドートの視線が窓の外へ向く。ちらちらと、淡い雪が降り始めていた。

＊＊＊

キリルの自宅は、高級住宅街のはずれに建てられた薬学術研究所の独身寮だ。

三階建てになっていて、各部屋はじゅうぶんに広い。一階の隅にある部屋で作り出す蒸気が建物内を巡り、暖炉ほど暖かくはないが長い冬もそれなりに過ごせる。トイレと風呂は各部屋にあり、台所は兼用だが、自炊する住人はほとんどいない。あたためる程度のことなら、オイルヒーターの上で済ませてしまうからだ。

発情期の間はキリルも同じようにして食事を取っているが、そうでないときは歩いて五分の場所にあるウルリヒ家の屋敷で世話になることが多い。

ウルリヒ教授を追いかけるようにして奥方も不在になったので、屋敷に残されているのはフェドートと四人の弟妹たちだ。あとは使用人が数名。

みんないい人たちばかりだから、キリルはいっそう距離を取っている。人付き合いが苦手だと思われている方が、人間関係はうまくいく。下手（へた）に近づきすぎると、発情期前後のフェロモンでさえ危ないからだ。

そう思うと、フェドートの性欲は淡白だ。人並みに自慰はすると言っていたが、女よりも雪山の征服に燃えるというから、根本的に学者らしい偏屈ものなのだろう。

フェドートが届けてくれたクッキーをかじり、キリルは朝昼晩と飲まなければならない抑制薬を口に含んだ。水で流し込み、窓のそばへ寄る。カーテンを開けると、街灯にはまだ火が入っていた。

そろそろ、街灯も消える季節になる。冬になれば積雪が増え、街灯をつけるまでもなく雪明かりでこと足りるからだ。

寮の敷地内に植えられた落葉樹はすでに葉を落とし、寒々しい姿で道路へ影を伸ばす。向かいの家の常緑樹も色をくすませていたが、いまは闇の中だ。町は静かに雪化粧を待っている。

気泡の含まれたガラスに手を押し当てたキリルは、その冷たさに息を洩らした。それと同時に、冴え渡るようだったゲラシムの眼差しを思い出し、ぶるっと大きく震えた。

頭の中から追い払おうとかぶりを振ったが、まるでうまく行かない。腰がじんじんと疼き、あの日は研究着で隠されていた場所が熱を持つ。

発情期が来て三日目。もう何度自慰をしたか、わからない。

そのたびにゲラシムが脳裏に現れた。自慰の最中に高貴な第二王子を想像するなんて畏れ多いことだ。そう慄いてもなお股間は冷めなかった。

「ん……」

窓から離れ、壁に手を突く。寝間着のズボンと下穿きをずらし、硬く張り詰めた自身を握りしめた。

抑制薬を飲み、ただひたすらに自慰をして一週間を過ごす。そうすればやがてからだの熱も落ち着く。わかってはいたが、繰り返すたびに虚しさが増す。

隠れて暮らすオメガが耐え切れずにからだを売り始めるのも仕方がない話だった。そういうオメガも、いずれは売春窟に収容される運命だ。

「んっ……。んっ」

悲惨なオメガの話はバリエーション豊かで、アルファに犯される者、ベータの餌食になる者とさまざまだ。

売春窟よりもっとひどい世界もある。『つがい』を解消されて精神を病むオメガより、扱いのひどさに耐えかねて正気を失うオメガの方が多いに違いない。

それでもオメガの資質ゆえだと蔑まれる。

性欲を貪り、人心を惑わせる禍々しい存在。そして、孕むことしか能力のない、家畜以下の性欲処理動物。

「はっ……ぁ」

腰がびくっと引きつり、おぞけ立つような波が全身をかけ巡る。射精まで行かず、キリルは自身から手を離す。

ウルリヒ教授は、一生、誰とも交渉を持つなと言ったが、薬が改善されていけば選んだ相手とキスをすることができるとも言った。それまで欲望に負けず、貞操を守るのがキリルの生きる目的だ。自分のからだを被験対象にしてでも、オメガのために薬を完成させたい。

誰かの狩猟対象になるのではなく、自分が選んだ相手と幸福なキスをする。そんな日が自分の代では来なくても、これから生まれてくるオメガたちには与えられて欲しい。

滲んだ涙を拭い、薬草を浮かべたタライの水で手を清める。

そこへノックの音が響いた。来客はフェドート以外にはありえない。でも、キリルは警戒した。

息をひそめると、なおも扉が叩かれる。

「居留守を使うな。キリル＝サルトイ」

高々と呼びかけてくる声に聞き覚えはない。だが、続きの言葉を聞いたキリルは扉に走り寄った。

「ずいぶんと甘い匂いだ。扉の端からも洩れているぞ」

慌てて開いた扉の向こうに立っていたのは、ゲラシムの侍従だ。名はエラスト。頬のすっきりとした涼しげ顔立ちが、あからさまに歪む。

「砂糖菓子をあたためているのか。いい匂いだ」

聞き耳を立てているかも知れない住人へ向け、ややわざとらしく声を出す。だが、その手はキリルの腕をしっかりと掴んでいた。

有無を言わさずに引っ張られる。

「あっ……」

引きずり出されたキリルの目の前には数人の男がいた。

「騒ぐなよ」

エラストにマントを掛けられ、抵抗しようとしたキリルの腕を男たちがマントごと掴んだ。左右から抱え上げられ、足が浮く。はたから見れば、押し合いながら歩いているように見えるだろう。酔っぱらうと、そんな風にして帰ってくる住人たちもいる。

だが、誰とも会わないまま連れ出され、門の外に停められていた馬車へと押し込まれた。イスに座ることは許されず、キリルは次々に乗り込んでくる男たちの足元に転がった。

「どこへ……。フェドート教授に、伝言を」

「そんな必要があるのか」

腕を組んだエラストが冷たく言う。男たちはキリルを取り囲むだけで、視線も向けて来ない。そう命じられているのだろう。

馬車はゆっくりと町を抜け、それから速度をあげた。行き先はまるでわからない。座席の足元では方向も掴めなかった。窓にはカーテンがかかり、外の景色も見えない。

抑制薬の影響で集中力が途切れ、キリルはその場へ伏せった。それでも、馬車の揺れで舗装路が終わり、郊外へ出たのだとわかる。

誰も口を開かないままで沈黙が続き、やがて馬車が速度を落とす。停車すると、今度はひとりの男の肩に担がれた。頭が下になり、ゆさゆさと揺らされて運ばれる。

抵抗しようなどという気は起こらなかった。もしも寮の住人が気づいたなら、フェドートへ知らせてくれるだろう。

だが、それで助かるとも思わない。自分へ向けられたエラストの眼差しは、容赦なく差別的だった。オメガであることが知られているとしたなら、運命は定まったも同然だろう。

キリルを拉致させたのはゲラシムだ。

あの場では引き下がったように見えたが、フェドートの経歴に傷をつけないように気を遣ってくれたのなら、いっそありがたい。

逆さまになって揺られながら、キリルは周りを見た。

豪奢な屋敷はかなり広く、キリルからは壁の始まりも見えない。木の床には趣味のいい絨毯が敷かれていた。

奥まった部屋に連れて行かれ、荷物を丁重に扱う程度の仕草でどさりと降ろされた。

「隅々まで洗え。特に、下半身をな」

イスを引き寄せて座ったエラストの言葉は、キリルに向けられたものではなかった。かと言って、男たちにでもない。彼らの姿はすでになく、代わりに現れたのは年老いた女たちだ。

キリルはあっという間に身ぐるみ剥がれ、深いタライの中に座らされた。頭から掛けられた湯は温かかったが、落ち着く間もなく寄ってたかって石鹸まみれにされる。まるで野良猫を洗うようだったが、それよりも扱いはひどい。植物を乾燥させて作った肌磨きで、皮膚が剥けそうなほど擦られた。

下半身も同じようにされ、キリルは痛みに顔を歪める。だが、老女たちに遠慮はない。しかも手慣れていた。社会的地位は低いが、オメガを扱う売春窟では重宝される女たちだ。『オメガ磨き』と呼ばれ、客に汚されたからだを匂いひとつ残さずに磨きあげる。

「旦那。前髪を切ってもいいですかい」

老婆のひとりがしわがれた声を出す。エラストは黙ったままだ。それでもうなずいたのだろう。洗ったばかりの前髪にハサミが入れられる。そしてふたたび湯を掛けられた。

タライから一度出され、新しい湯の中へ入れられる。もう一度泡まみれにされ、さらに丹念に洗われた。老女たちは股の間に手を入れることも厭わなかった。タオルを巻いた指で後ろのすぼまりまで擦られる。

「おっと、あんたは未通なんだったね。それじゃあ、ここはお楽しみにとっておかなきゃ……」

「未通にしたって、ここまで淡いのはなかなかいないね」

「冥途の土産にいいものを見た」

老婆たちは軽口を叩きあう。淡いのは、性的な各所の色合いのことだろう。発情期を迎えて数年すれば、未通性オメガでも繰り返す自慰の影響で性器や乳首に色がつく。

「なぁに。こわがることはないさ」

バラの匂いの水を全身に掛けられ、柔らかなタオルで水気を拭われる。

「そうそう。ずっぽり入れられる気持ちよさは、ベータの女じゃ一生かかっても得られないんだ」

「おとなしく従ってればいい」

「オメガが優しくされるのは、初めの一回だけだからねぇ」

「そりゃ、あんた。そういう旦那に当たればの話さ」

老婆は下卑た笑いを浮かべた。ガウンを着せられ、今度は髪を乾かし始める。

「あんた、知ってるかい。オメガってのはね、最初のときに躾けられたように快感を得るんだよ」

「酷いセックスから始まれば、酷いセックスで感じるようになる」

「だから、男は面白がって未通のオメガを探すのさ。自分好みの淫乱に仕立て上げて捨てたのを、他の男たちがありがたがるんだからねぇ」

老婆たちの言葉にはほんのわずかな同情が含まれ、それ以上に強烈な侮蔑が続く。それがいっそうキリルをつらくさせる。

オメガであることをいままで隠し通して来たキリルは完全に無垢だ。性的ないたずらをされて育つ未通性オメガよりも希少に違いない。

「おや、ずいぶんときれいな顔だ。あんた、いい育ちをしたんだね。顔に卑屈さがないよ」

波打つ髪を梳かされ、眉まで整えられる。花の刺繍が施されたローブを新たに着せられ、腰ひもを結ばれた。

「また会うこともあるだろうよ」

「今夜があんたにとって、いい『破瓜』となるようにね」

「あんたみたいなオメガの『破瓜』が、アルファとはねぇ……」

最後の老女だけは、深くため息をついた。いっそベータが相手なら苦しみも少ないと言いたげだ。

「旦那、できましたよ」

老女から声を掛けられたエラストが立ち上がる。

「これほどの美形はなかなか見かけない。ほどよく仕込めば、良い『持ち物』になりますよ」

「我が主の慰めになればいいがな」

「コツは恐怖心を与えぬことです。快楽で蕩けさせれば、癖がつきます。変わった趣味を試されるなら、その後でもじゅうぶんですよ」

「どうりで瑕疵性の貪欲さは酷いわけだ」

「あれはもう擦りきれるほど使われてますからね」

キリルがそこにいるというのに、エラストと老女は平気で会話をする。オメガを貶めているとは気づきもしない。

やがてエラストはキリルを呼んで立たせた。ついてくるようにと言われ、黙って従う。

アルファと性交をするからと言って、すぐに『つがい』にされるわけじゃない。『つがい』は互いにとって制約が多いのだ。

まずは快感の相性を見る。オメガのからだにも善し悪しがあり、褒められるのは頑丈さだけということもあるからだ。

逃げようか。死のうか。

そう思いながら、階段を上がり、廊下を進む。

「逃げるのも死ぬのも、おまえの自由だ」

キリルの心を見透かし、豪華な飾りのついた扉の前でエラストが言った。

「だが、ウルリヒ家はおまえを恨むことになるぞ」

完全な脅しはキリルを絶望へと叩き落とした。それを見たエラストはあごをそらすようにして笑う。

「オメガのくせに絶望を感じられるとは幸せな育ちだ。まぁ、ゲラシム様のお目に止まったのだから、せいぜい尽くせよ。おまえらに貞淑さなど求めてはいない。その使い慣れていない穴で懸命にご奉仕することだ」

エラストが扉を叩いた。応する声は返らなかったが、しばらく待ってから中へ入る。円卓に花かごを置いただけの小部屋があり、さらに奥の扉へ進んだ。

今度は、扉を叩いて待ったあと、声を掛けつつ開いた。

「用意が済みました」

視線で促され、室内履きの布靴を履いたキリルはおずおずと中へ入った。

こぢんまりと狭い印象なのは、寝台が通常よりも広々と大きいからだ。暖炉の火で暖まっている部屋はおそらくキリルの自宅の倍はある。

天蓋のついた寝台はまだ乱れておらず、ゲラシムは暖炉のそばの揺りイスに座っていた。

振り向くと、静かに目を細めて立ち上がる。威圧的なのは長身だからじゃない。エラストにはない威厳があり、ただ立っているだけでも見事な男振りだった。

「思った以上にきれいな顔をしているな」

「前髪を切りました」

エラストが答える。

「下は」

「濃くもありませんし、そのままです。邪魔になるようなら、剃(そ)らせますが」

近づいて来たゲラシムは、無遠慮にキリルのローブの紐(ひも)をほどいた。指先で合わせが乱される。

下穿きを身に着けていないからだを観察され、キリルは恥ずかしさに視線をそらした。

「なにが恥ずかしい」

オメガごときが、と言いたげなエラストの指先であご下をすくいあげられる。

キリルは視線を伏せたままでかすかに震えた。

気を抜くと立っていられなくなりそうで、どこかに掴まりたいのにそれもできない。

「初めは丁寧に抱いて快感を教え、後で思うように仕込めばいいと老女たちが言っていましたが」

「どうせ行きつく先は同じだが、まだろくに性感を知らないのだろう。……いい匂いだ。薬で抑えるとほどよく香る。処女めいて、いっそういやらしい」

凛々しいくちびるからこぼれる言葉の卑猥さに、キリルはたまらず目を閉じた。

「エラスト。この男はフェドート教授の助手だから、手荒なことをするつもりはない。研究に支障が出てはまずいからな」

「もちろんです」

エラストが、キリルの背後にぴったりとついた。

「王妃様をお守りするためにも、ゲラシム様が王位に就かれるためにも、優秀な薬術学者は必須だ。ゲラシム様の手足となり、けして逆らわず、けして裏切らない。それが未通性オメガだとは。……素直に喜ぶといい。おまえの秘密は我々が守ってやる。いままで通り、発情期が来たら休みを取るだけのことだ。だが、これまでのようにわびしく過ごすことはない。ゲラシム様のお相手をすればいいのだから」

「……っ」

腰のそばから伸びて来たエラストの手に、下半身を握られた。やわやわと揉まれ、次第に硬くなる。

目の前に立っていたゲラシムはしばらく眺めてから背中を向けた。厚手のガウンを脱ぐと、しなやかな筋肉が目に飛び込んでくる。

「ほんとうにおまえたちは下等だな」

エラストが鼻で笑う。

「ベータの女も、オメガも同じだ。この方のからだを前にしたら、どこもかしこも、すぐに濡らす。はしたないとは思わないのか」

「エラスト。言葉で責めるのはやめろ。癖がつくとおもしろくない」

「申し訳ありません」

素直に謝ったエラストは、キリルの股間から手を離した。

刺激を与えられて少しは反応したが、欲望を募らせるまでにはいかなかった。

それが同じ部屋にいるアルファのせいだとキリルにはわかっている。どうしても気がそちらへ向くのだ。ダメだと思っても目で追ってしまう。

全裸になったゲラシムは寝台にあがり、臆することなく自分の股間をしごいた。

「こっちへ来い、キリル」

呼ばれて戸惑うと、エラストに背中を押された。突き飛ばされるような強引さにつんのめったが、転げる前に腕を掴まれた。引きずるように寝台へ連れて行かれ、押しあげられる。

ローブの胸元を掻き合わせようとしたが、気づいたエラストによって容赦なく剥がれた。

人前で全裸になるのは子どもの頃以来だ。兄からもてあそばれ、父親に組み敷かれた記憶が甦り、キリルはぎゅっと目を閉じた。

「口淫しろ」

ゲラシムの声に命じられても、すぐには動けない。エラストに肩を押されたが、上半身が傾いだだけだ。

「それも経験がないのか。手でしごいて、口に含め」

言われるがまま、キリルは手を伸ばした。拒んではいけないとわかっている。

性交の相手をすれば、ウルリヒ家の人々に迷惑はかからない。だが、興を削げば、処罰だってありえる。

指でゲラシムの性器に触れ、思うよりも熱い肌触りにキリルは息を飲んだ。兄や父のそれとは違い、まだ立ち上がってもいないのにずっしりと重い。

「こうするんだ」

　身を起こしたゲラシムの手が、キリルの手に重なった。雄の象徴を強く握らされ、心が萎えてからだがびくりと竦んだ。しかし、過去は思い出さなかった。そんなことが吹っ飛ぶほど、身近に迫ったアルファの存在は大きい。

　キリルは目を閉じたまま、手を委ねた。だが、それをすぐに見破られる。

「私にさせてどうする。おまえがするんだ。ちゃんと握って……。目を閉じるな」

　言われて、薄く目を開いた。そこにゲラシムの凛々しい顔があり、キリルは驚いて手を離す。すぐに引き戻された。

「あまり焦らすなよ。優しくされているうちに覚えろ」

「……はい」

　握ると脈を打ち、ゲラシムのそれは一擦りごとに芯を持つ。いやらしい形が如実になると、首の後ろを引き寄せられた。

「額ずいて先端にキスをしろ」

　足の間に身を置き、膝を揃えたキリルはおとなしく背を丸めた。顔を近づけると、雄の体臭がした。子どもの頃はあれほど嫌だったのに、息をするたびにからだが痺れ、こらえきれずに股間が反応する。

　噛みしめたくちびるをほどき、つるっとした亀頭にくちびるを押し当てた。ゲラシムの性器が跳ね、キリルは慌てて両手で掴む。

「落ち着け」

ゲラシムに笑われたが、屈辱に思う余裕はなかった。

くちびるを開き、先端を口に含む。途端に息が苦しくなり、置き場所をなくした舌が口の中で逃げ惑う。それはつたない愛撫となり、キリルの気持ちとは裏腹な奉仕になる。

「それでいい。歯を立てるなよ。まずは先端だけしゃぶっていろ。舌を逃がすな」

命令するゲラシムの息遣いが乱れ、熱っぽい呻きが洩れた。

「これはこれで……悪くないな」

「処女でも、もう少し上手くやるでしょう」

エラストの声がして、キリルの頭がぐっと押される。

「んっ、ぐ……」

太い性器に喉奥を突かれて呻いたが、引き抜くことは許されない。頭の位置を戻すと、また押さえつけられる。それを繰り返され、キリルは息をしたい一心で口を大きく開いた。

ニュチュニュチュと音が鳴り、自分の鼻息が大きく聞こえる。苦しさに滲んだ涙で視界が揺らいだ。

やっと口から引き抜かれたと思うと、舌を這わせるようにエラストから指示が飛ぶ。主の閨に同席しているのだろう。

所を知っているエラストは、何度も閨に同席しているのだろう。

そうして女に対しても同じようにするのだ。エラストが奉仕を教え、ゲラシムは快楽に身を委ねる。

人格者として知られる王子の裏の顔を見た気がしたが、主従としてはよくある話だ。アルファは総じて絶倫だから、悪所へ通わないまでも性欲は満たさなければならない。欲求不満を溜め過ぎると、群れを率いるための能力が極まり、攻撃的になることも少なくないのだ。そうして始まった戦争は、オメガを確保できない国では特に顕著だった。

「おまえのせいで萎縮しているじゃないか」

羽根の詰まったクッションにもたれたゲラシムは、エラストへのんびりと話しかけた。その間もキリルは口の奉仕を続けたが、つたない性技のせいで射精にまでは導けない。

「口はおまけだよ、キリル」

性器を含んだくちびるをゲラシムの指に押され、からだがキュッと縮こまる。そこへ、するりと手が伸びて来た。服を着たままのエラストが、背後から股間を掴んだのだ。

腰をあげさせられ、足の間に手を差し込まれる。

「あっ……」

ぬるぬるとした液体を塗りつけられ、思わず声が漏れた。ゲラシムの匂いで湧き起こる興奮を我慢していた分だけ、恥ずかしいほど甘い声になる。

ゲラシムを咥えていられず、身を震わせながら顔を伏せる。腰裏がビクビクと波打ち、エラストの手技に溺れかけてしまう。

息が乱れたくちびるにゲラシムの指が這い、押し広げられた。キリルの唾液で濡れた性器が、ぐいぐいと押し込まれる。

「んっ、ぐ……」

「いい声だ……。エラスト、そのまま指でほぐしてやれ。オメガのフェロモンでいつもよりも太い。ケガをさせると、長く楽しめないからな」

「痛いぐらいが、この種にはいいんじゃないですか」

冷たいことを言いつつも、エラストは優しく触れてくる。それがゲラシムの望みだからだ。初めに快感を教える計画通り、じっくりと陰茎をしごかれ、濡らされたすぼまりを撫でさすられる。

「どんなふうだ」

ゲラシムに問われたエラストが答える。

「よく締まったすぼまりです。自分の指も入れたことがないんでしょう」

「おまえの言葉が恥ずかしいらしい。キリル、おまえの肌はきれいな色に染まるんだな……。後ろから突くのが楽しみだ」

「んっ、んんっ……」

それがどういうことか、キリルには想像できなかった。口に押し込まれ、前を擦られ、いまは後ろのすぼまりに指があてがわれている。その先にある行為を考える余裕がない。

「挿れてやれ。ゆっくりと……」

ゲラシムの両手で耳を掴まれ、股間から引き上げられる。長く太い性器がずりずりと口の裏を刺激して抜けていく。それと前後して、エラストの指がすぼまりを突いた。

「あぅ……っ」

驚きでからだが硬直すると、エラストの手が止まる。

「あ、あぁっ」

「第一関節までがやっとです。ゲラシム様がお入りになれるかどうか」

指先がずくずくと行き来を繰り返し、どうしても声が漏れてしまうキリルは恥ずかしさに身悶えた。

「や、やめっ……無理ですから……」

ぽろぽろと涙がこぼれる。

それをじっくりと眺めているゲラシムは、言葉とは裏腹に湧き起こるキリルの性欲を見抜いていた。

「しかたがない。私が開こう」

ゲラシムの手が顔から離れ、キリルはあっという間に天地を逆にされた。エラストはことごとく補助に慣れている。

額を柔らかな布地の上に押しつけ、ゲラシムに向かって、さっきよりも高く腰を突き出す格好だ。

ゲラシムの指がすぼまりに触れ、ぐぐっと押し入ってくる。

「あっ。ああっ……ッ」

エラストよりも太く骨ばった指だ。ずくりと差し込まれたキリルは思わず背をそらした。

「あ、いやっ……、イヤですっ」

内太ももにぞくぞくと震えが走り、逃げようとした首をエラストに押さえられる。

「や、やめ……、ダメ、ダメです」

キリルは必死に訴えた。ゲラシムの指は何度か液体を運び、ふたたび爪の先から入り込んでくる。柔らかな肉がずずっとこすられ、

「ひぁ……っ」

キリルは布を掴んだ。

「ずいぶんと感じやすいな。指ぐらいは一気に行くか。押さえていろよ」

命じられたエラストの膝が腕に乗り、肩と首に手がかかる。押さえ込まれる痛みよりも、キリルはゲラシムの指を恐れた。

「ああっ、あぁ……ッ」

熱い指が入り口をこじ開け、拒んですぼまろうとするキリルの肉を貫く。

「……んっ、ぁっ……あぁっ」

「私の指を根元まで飲み込んでるぞ。中を探られるのは初めてだろう」

ずりずりと動かされ、キリルは硬直したまま荒い息を繰り返す。頭の芯が高熱にうなされたときのように重だるく、何かを考えるのが億劫になる。

初めての行為によってもたらされる快感が、抑制薬の効き目を凌駕しているのかもしれなかった。

「快感に抗おうなどと考えるな。このまま感じさせてやる。私を受け入れるころには、理性なんて夢のようなものだ」

ゲラシムの言葉を理解する余裕もないまま、突き出した臀部の中央をいじられる。それは、頭の中をこすられていると思えるほど、直接的な刺激になってキリルを責めた。

「おまえの中は、ずいぶんと積極的に動いている。キリル、いいか。入れられるときにはゆるめて、抜かれるときに締めろ」

抜き差しを繰り返され、キリルは喘ぎながら言われるままに従った。そうすることで、早く解放されたかったからだ。

でも、苦しさがやわらぐたびに、からだはじわじわと熱くなる。

男の節くれ立った指の節と節の間をすぼまりの輪がきつく締める。そして、奥へと差し込まれる瞬間には、内壁がぎゅぎゅっと絡みついて行く。

「あぅ……、あっ、あっ」

「エラスト。おまえはもう外へ出ていろ」

ゲラシムに促され、エラストはさっと動いた。そこに長居するつもりはなかったのだろう。無言のままいなくなる。

「薬が効かなくなってるのか？　匂いがすごいぞ。おまえたちの匂いは、ここからするんだ。知ってるか」

ぐいぐいと指で内壁を搔かれ、キリルの腰が跳ねる。大きく膨らんだ性器が揺れると、それだけで痛いほどの快感が集まった。

「ここを内側から搔かれると、出したくなるだろう」

指を差し込まれたままで昂ぶりをしごかれ、キリルは身を小さくして震える。だが、ゲラシムの責めがゆるめられることはなかった。手のひらに包まれ、リズミカルに擦られる。

「うっ……ふ、ぅ……んっ、ん」

「しごかれると後ろが開くぞ」

「言わない、で、くださ……っ」

「じゃあ、もっと鳴いてみせろ」

余裕のあるゲラシムの声が、晒した肌に振りかかり、ぬめった舌が這った。きつく吸い上げられる。

「あっ、あんっ……んっ、んっ」

断続的な小さな波に過ぎなかった快感が、いきなり大きく押し寄せた。抗う術もなく翻弄され、キリルは奥歯を噛みしめる。全身がふるふると震え、ずくずくと出入りするゲラシムの指へとすぼまりの内壁が絡む。もっと奥へと誘い込むような動きに抗い、ゲラシムはいっそう激しく指を動かす。

それと同時に股間をしごかれ、キリルは息もたえだえに布地にすがった。

「も……、ダメ、です……もう、もうっ」

「私の方もだ」

ずるっと指が抜け、股間を掴んでいた指も離れる。もう少しで達するところだったキリルは、なにが起こったのかわからず、捨て置かれた自分の性器に指を伸ばした。

「そんな余裕はないだろう。処女なんだから」

手を引き剥がされ、からだの脇に戻される。

「妙な体勢を取ると、後がつらいぞ」

腰を掴まれ、熱がすぼまりに押し当てられる。指でないことは明白だった。

「ま、って……」

ぞくっと背中が痺れ、キリルは逃げようと前へ出た。腰が引き戻される。息を乱したゲラシムは、容赦なく腰をあてがい、指で乱暴にすぼまりを開いた。

「息を詰めるな。いくぞ」

「あっ、あぁっ……ぅ……ッ」

なにも知らないキリルは息を詰めてしまい、稲妻に打たれたような痛みに悲鳴を上げた。ずくりと突き立てられた肉の凶器は、指でもてあそばれた内壁を限界以上に押し広げて進んでくる。触られていなかった場所をずんっと突かれ、

「あぅ……ぅ」

キリルは頬を布に押しつけた。荒い息遣いを繰り返すゲラシムはまるで獣のようにのしかかり、初めて男を受け入れるキリルの腰を穿った。

「や、やめて……やめてっ」

「んん？　こんなにずっぽりと飲み込んでおいて……」

「痛いんです……痛い……。殿下。どうか……抜いて……っ」

鼻をすすりながら訴えると、はぁはぁと息を繰り返すゲラシムが身を引いた。

願いが受け入れられると安堵した瞬間、いっそう強く押し込まれる。声をなくしたキリルのからだは布地にすがった。しかし、容赦なく揺すられる。

「あっ……、あ、くっ……」

太くて熱くて、苦しかった。怯えてすぼまる穴を、男はいっそう責め立てる。犯されていると思った瞬間、脳内が痺れた。

嫌悪感にうちのめされたキリルは嗚咽を洩らしたが、ゲラシムの腕はなおも腰に絡みつく。激しい抜き差しが始まり、涙が溢れて止められなくなる。

「入れられただけで射精するとは……ふしだらだ」

ゲラシムの言葉に、喘ぐよりほかに呼吸をする術のないキリルは戦慄した。あれほど極まっていた股間の熱が、ほんのわずかに引いていることにいまさら気づく。

「ちがっ……」

「違うものか。おまえが感じているのは痛みじゃない。破瓜の快感だ。生涯に一度の感覚だ。よく覚えておけよ」

快感で息を乱すゲラシムの手が、キリルの双丘を鷲掴みにして揉みしだく。ずるずると引き抜かれ、またゆっくりと犯される。

太い性器の先端のついたくびれは、抜き差しのたびにキリルの内壁を引っ掻き、甘だるい刺激を呼び起こす。

「うっ、ううっ……」

柔らかな動きを繰り返すゲラシムがなにをしようとしているのか、キリルにはわからない。自分がなにかを失い、そして、真新しいなにかに染められていく感覚だけが、のたうつような実感として存在するだけだ。

「キリル。このあたりだろう?」

ぐいっと腰でえぐられ、

「んっ……」

キリルは目を見開いた。猛々しいゲラシムの先端が、奥の壁にコツリと当たる。ぞくっと背中が震え、もう一度擦りつけられたときには、腰が痺れた。

「あ、あぅ……ぅ」

「見つけてしまったものは仕方がない。キリル。ここがおまえの子宮口だ。私の先端と、おまえの最奥がキスをしている。もっと押し込んだらどうなると思う」

「んっ、んっ……。ねが……、やめっ」

言葉でも拒んでも、刺激には抗えない。コツコツと優しく突かれ、丸みを帯びた先端を擦りつけられ、からだはそれを求め始める。そもそも、オメガはアルファには逆らえない。

挿入されたら、なおさらだ。

初めて貫通した衝撃が引いて行くほど、キリルはそれを実感した。ゲラシムを包む柔らかな襞がジンジンと疼き出し、腰がひくひくと揺れ動く。その動きを止めようとすればするほど、快感を欲して身悶えてしまう。心とからだは裏腹だ。

抗うことをあきらめて力を抜くと、舌先がくちびるの内側に収まらないほど気持ちがいい。

「ここで終わらせようとしても無駄だぞ。アルファの絶倫は噂に聞いてるだろう。今夜だけでもあと数回は軽い。散々達したあとでねだらせるのには飽きてるんだ。初物の子宮口に生射精

させてくれ」

「そんな……っ」

あごをそらしたキリルは、夜鏡になった窓ガラスに、自分を犯すゲラシムを見た。逞しいからだにのしかかられていると視覚的に認識した瞬間、激しい欲求に突き上げられた。

本能が危機的状況に警鐘を鳴らし、キリルはがばりと起き上がる。繋がったままだったが、力任せにからだを離す。

「嫌です。許してください。……妊娠してしまいますっ！」

叫びながら、恥ずかしげもなく腰を揺らした。どうにかして繋がりを解こうとしたが、ゲラシムの逞しさは奥まで差し込まれていて抜けない。背中を追われ、腰を引き戻される。

「させるんだよ、キリル」

ゲラシムの声に、獲物を追い込む冷徹さが滲んだ。

「初めてで懐妊したら、ウルリヒ家には褒美を出してやろう。それでも、嫌か？」

背後から伸びて来た手が、キリルのあごをするりと掴む。ふたりの姿が、夜鏡に映った。こつっと、また子宮口に先端が触れる。

「やっ……。いや……っ」

「おまえはまだ瑕疵性オメガじゃない。孕めば孕むほど、金と地位が手に入るぞ」

「……こどもを、なんだとっ……」

「さぁ、それを考えるためにも、濃厚な種付けをしよう。溢れかえるほどたっぷりと注いでやる」

「やっ……。やっ、だ……っ」

「もっと腰をよじらせて悶えろ。おまえのからだが私を誘い込んでいくようだ」

「……殿下っ。ご慈悲を……」

「くれてやる。王族の種付けだ。ありがたく飲めよ」

ぐぐっと腰が張り出し、ふたりの下半身がぴったり寄り添う。

「あっ、いやっ……」

腰を後ろから抱えるゲラシムの手に爪を立てたキリルは、震えながら倒れ込んだ。からだの奥に、ゲラシムの膨らんだ亀頭を感じる。それがすぼまりよりも狭い穴へぐいぐいと食い込んでいく。

「……刺さ、って……んっ……」

「すごいな、キリル。さすが未通未産のオメガの子宮だ。くびれをかすめて気持ちが良い」

「もう、やめて……くださいっ。出すなら、もっと浅く……」

キリルは泣きながら頼んだ。妊娠する怖さで頭がいっぱいになり、嗚咽で息が苦しくなる。

それなのに、からだは脈を打ちはじめ、小刻みな痙攣（けいれん）がまるでゲラシムを欲しがるように繰り返される。

「殿下、殿下……。こわいんです……っ」

「感じることが初めてだからだ。叫びたければ、叫べばいい。気にする者もいない屋敷だ」

「あっ、あぁっ……ッ！」

コツコツとつつく動きを繰り返していたゲラシムの腰が、また大きく動いた。奥のすぼまりから離れたかと思うと、入り口目掛けて突き立てられる。

「ひぁ……う……あぁっ」

辛くはなかった。激しさとは比べものにならないほど、柔らかな刺激がキリルの全身を包み込む。

オメガの性が、アルファの精子を欲しがっているのだ。キリルはくちびるを噛んでこらえた。でも、本能には抗えない。

突き上げられ揺さぶられ、悲鳴が甘くかすれていく。

「あぁっ、あっ……。おかしく、なる……。も……もうっ」

「内側から爛れるほど熱くしてやる」

「あ、あっ……だめ、だめっ。出さない、で……っ」

がっちりと、奥のすぼまりに亀頭がはまる。逃れようと腰を揺することさえ、互いにとって大きな快感になっていく。

小刻みな動きを繰り返すゲラシムの息遣いが極まって行き、キリルはからだの奥で、男の射精が近いことを悟った。

「……殿下ッ、殿下ッ！　ほん、とうにっ……。あぁっ！」

キリルがブルッと震えた瞬間、ゲラシムのからだにも緊張が走った。深々と押し込まれた性器が根元から震え、たっぷりと溜めこまれた精液が先端を目掛けて溢れ出す。

「ひぁっ……ん、んっ！」

ゴプッと音がするような射精だった。灼熱を想像させる体液の熱さに身悶えたキリルは、やみくもに髪を振り乱す。腰が震え、からだが痺れ、全身が痙攣する。

「はっ……ぁ、あぁっ……」

ぎゅっと目を閉じたキリルのくちびるから、飲み込むのを忘れた唾液がこぼれ落ちた。

「離、れて……っ」

そう頼むことさえ聞き入れてはもらえない。オメガとの性交に興奮を極めたゲラシムはいっそう強くのしかかってくる。

「出さないと……妊娠、しちゃ……」

泣いて頼んでも同じだ。

「あと何回、中で出すと思ってる。無駄だ」

首筋をべろりと舐められ、キリルは寝台へ突っ伏した。繋がったまま、足首を持たれて体位が変わる。

「もう……、もう……」

繰り返しながら胸を押し返しても、力をなくしたからだはあっけなく快感に飲まれた。

＊＊＊

あれから何日経ったのか。計算することも難しかった。

自分の匂いが流れることを嫌ったゲラシムの言いつけで、キリルは『オメガ磨き』には出されることもなく、部屋の隣にあるバスタブでエラストにからだを洗われた。

ふちに両手を突いて膝立ちになり、中に出されたものを掻き出されるのが一番恥ずかしかったが、エラストはその反応さえオメガには相応しくないと鼻で笑う。差別的な発言を聞き流すゲラシムは、エラストがフェロモンに誘惑されるのが嫌なのか、ふたりのそばを離れなかった。

まるで玩具を侍従に洗わせているような光景だ。だから、いっそうキリルにはつらく悲しかった。

そうしてからだを清めた後は、足に枷をつけられて天蓋の柱に繋がれる。

「あっ……。殿下……」

公務にも出かけずに屋敷にこもったままのゲラシムは、キリルを監禁しての性交に夢中になっているようだった。繋がるたびに過敏になっていくからだを開発することが面白いのだ。

キリルももう抵抗しなかった。そんな元気もない。性行為に対して頑丈に出来ているとは言え、初体験から日が浅い上に、昼も夜もなく気を失うまで抱かれているのだ。からだに力を入れることさえままならない。

それでも子宮口への強制的な射精には抗った。それがゲラシムを悦ばせていると知っていても、からだが快感を求める現実に怖くなるから泣きながら許しを乞うた。

「舐めろ」

自分のからだに押し込まれていたものを鼻先に突きつけられ、キリルは目を伏せながらくちびるを開く。人格者だともてはやされるゲラシムは、心に溜まる鬱屈を性行為で晴らそうとしていた。

からだを傷つけられることこそないが、優しい行為でもない。

舌を這わせて精液を舐め取っていると、キリルの頭の芯はぼんやりと現実感を失っていく。ぴちゃぴちゃと響く音を恥ずかしいとも思わない。

ゲラシムが手荒く抱くのはオメガだけだと言ったエラストの言葉を思い出しながら、キリルは先端を強く吸い上げた。またわずかに硬くなる性器を指でなぞる。

その日の記憶はそこで途切れた。

おそらく、ゲラシムのものを握ったまま意識を失ってしまったのだろう。ふわふわとからだが浮き上がり、肌寒さを感じた瞬間には柔らかな布地に包まれた。

「不憫だな」

ゲラシムの凛々しい声がゆめうつつの中でこだまする。

言葉ほどの同情を感じさせない声は、ゲラシムの潔さだ。王族だからこそ、王位継承権の上位にいるからこそ、ただの人格者では生き残れない。

国立薬学術研究所が設立された本当の目的も、王族同士の継承権争いにおいて薬物の濫用を防ぐことだ。速効性の毒が使用されることがほどんどないのは犯人が特定されやすいからで、多くの場合は王妃のようにゆっくりと体力を奪われる。

「女に生まれさえすればよかったものを、下手にオメガになど生まれつくから不幸になる」

ゲラシムの言葉に、キリルは心の中で答えた。

それならば、アルファの鬱屈は誰が受け止めるのかと。

でも、それはオメガであるキリルの言い分だ。子を生す性としてベータの女がいる限り、オメガはこの先も報われない。

性的愛玩物としてもてあそばれた先で産み落とす子どもには、その瞬間から愛玩物の運命しか与えられないからだ。

不幸の連鎖を止めるための断種が行われないのは、男の欲望が人としての倫理を超えるせいだろう。アルファに犯され、強制着床の絶頂を教え込まれたいまでは、キリルにも簡単に想像できてしまう。

それほどの快感だった。本能に刷りこまれた欲望を暴かれ、それに溺れることさえ許される。だから、望まぬ妊娠を仕掛けられ、命をもてあそぶ悪行だと心痛めても意味はない。

オメガは、アルファのためだけに存在する性欲処理の道具だ。道具は道具を生み、すべての頂点に立つアルファは貪った欲望の残りをベータたちに与えることで更に威光を放つ。

それが人類の掟だ。人が人らしく暮らすためには、多くの人間が幸福であるためには、あらかじめ定められた不運が必要になる。ただ、それだけのこと。

「だが、女も幸福であるまいな」

ゲラシムの声が、睡魔に飲まれる。揺らいで途切れ、キリルが聞こうとしてもかすれていく。

「母上もまた不幸だ」

響きの中にある物悲しさだけが、空虚の中に尾を引いた。

【2】

日常はたやすく戻っては来なかった。

発情期が終息したのと共に独身寮へ戻されたが、フェドートへ連絡することさえできずに二日を過ごした。

三日目にフェドートが訪ねて来なければ、キリルはそのまま失踪していたかも知れない。それは単なる妄想のようでいて、本心からの望みでもあるような気がした。

今年初めての積雪は三日前だったらしく、晩秋の日差しにさらされ、すでにあとかたもなく溶けている。本格的な冬は、行きつ戻りつして深まっていくのだ。

フェドートから連れ出されたキリルは、裏庭に置かれた木製のベンチへ腰かけた。

「いつもより長かっただけとは、思っていないんでしょう」

コートの襟を掻き合わせて問うたが、立ったままのフェドートは答えなかった。それが答えになる。

どこへ行き、誰と過ごしていたのか。フェドートはそれとなく聞かされているはずだ。後のフォローだって頼まれているに違いない。

暖かい日差しの中に北風が吹き込み、フェドートは上着のポケットから薬箱を取り出した。

「これを噛んで飲みなさい」

「……発情期は終わりました」

「キリル」

視線を伏せた肩に、フェドートの手が乗る。それをキリルは過剰反応で振り払った。驚いたのは、キリル自身だ。

フェドートを見上げた視界が涙で滲む。

「からだにはよくないが、妊娠を阻害する丸薬だ。必ず効く」

強い口調で言われ、服の上から手首を掴まれた。キリルが振りほどかないのを確かめてから、薬箱のふたを開けた。キリルの手のひらへと二粒の丸薬が転がり出る。

口元へと促され、ぼんやりしたまま奥歯で噛んだ。

渡された薬が必ず効くわけじゃないことをキリルは知っている。これでも研究所の一員だ。

それでも、フェドートから効くと断言されることは気休めになる。

ただ、別れ際に「堕胎するなよ」と言ったゲラシムのことを考えると憂鬱だった。妊娠阻害薬を飲んだことに怒るかもしれない。妊娠は望んでいないが、アルファから言われたことは、オメガであるキリルには重くのしかかってくるのだ。

「王妃様の投薬審議が行われた」

距離を空けて、フェドートがベンチに腰掛ける。

「早いですね。ゲラシム様のお口添えですか。プランはどれに」

「1と2で揉めたが、3になった」

それもまた、ゲラシムが口を挟んだのだろう。

「……来週から始めるので、君に担当してもらいたい」

「それも、ゲラシム様が……。いえ、いいんです。もちろん喜んで担当します」

キリルの言葉に、フェドートは深くため息をついた。

「ここで泣いてくれる君ならば……」

「正直言って、傷つきました。オメガに生まれた宿命を恨みもしました。でも、それがなにになるのか。誤解しないでくださいね、フェドート。そう考えたのはウルリヒ家のみなさんを思うからです。家族には捨てられたけど、拾ってくださった。その恩義のために生きると、僕は決めているから……。いま飲んだ薬の影響が引いたら、研究室へ戻ります」

「キリル。人はいつか純潔を失くす。それが君の望む相手とのキスを阻むわけじゃない。希望は捨てずにいよう。最悪の事態にだけは、絶対にならないから」

それが瑕疵性オメガとなることなのか。それとも、売春窟へ落ちていくことなのか。

口にすることさえフェドートを傷つけるようで、キリルはくちびるを引き結んだ。

「ゲラシム様はキリルの才能をお認めになっている。だからこそ、プラン3を推してくださったし、王妃様に直接お会いして投薬することにも許可を取りつけてくださった」

「僕がですか」

「わたしは同席しないことになっている。だが、医師も同席はしない。診察は時間差でするとになった」

「そんなこと……」

キリルは息を飲んだ。もちろんふたりきりではないだろうが、これで医師に言えない症状についても聞き出せる。

「ゲラシム様は本気だ。本気で母君のことを案じている。王妃様は政略結婚で輿入れされた方だ。ここだけの話だが、王との仲は悪い。まともな夫婦関係が構築されているとは思わない方がいいだろう」

「わかりました。心に留めておきます。……もしも、転地療養が最適だとしたら」

「それは叶うまい」

フェドートははっきり言い切った。公務の関係上、王妃は勝手に動けない。ましてや王妃の祖国には、病を得ていることとさえ知られたくないだろう。

ゆめうつつに聞いたゲラシムの声がふっと思い出され、キリルは気鬱になりながら隣を見た。

「フェドートはいつ純潔を失くしたんですか。お嫁さんももらっていないのに」

軽い口調でからかうと、あははと乾いた笑いが返って来た。

「いつかと言っただろう。わたしは永遠に白い処女地だ。夢に見る雪山のようにね」

「さびしくないですか」

目を細めて見つめると、

「さびしくないよ」

振り向いた顔はなおもおどけて笑う。

「キリル。雪はまた降る。どれほどの人間が登った山でも、季節が廻れば真っ白に戻る。だから、わたしは雪山が好きだ」

そう言ってくれるフェドートは雪を溶かす太陽のようだ。キリルはひっそりとした笑みを浮かべて、年の離れた友人の優しさにうつむいた。

翌週になってようやく研究室へ戻ると、膨大な資料との格闘がキリルを待っていた。ここへ来て突然、医師側からの報告書が届いたからだ。絶対に見せないと拒まれていたものも含まれていた。

ゲラシムの介入によって、自分が疑われていることに気づいたのだろう。キリルはその書類に改ざんがないかも吟味しなければならず、業務は多忙を極めた。

でも、なにかに集中していられることはありがたくもある。

思い出したくもない記憶に囚われずに済むからだ。自分の肌を這いまわったゲラシムの指を忘れ、体内に出された精液のことも消し去る。

自宅にこもっているときはあれほど苦しんだというのに、書類を読み、文献を探っていると、鼻歌まで出そうになる。仕事に戻ればいつもの自分がそこにいて、キリルは心底から満ち足りた思いで胸をなでおろした。

そして、三日後。投薬前の挨拶のため、王妃と初めての顔合わせをした。もちろん顔は知っているが、言葉を交わしたことはない。穏やかな笑顔を惜しみなく見せる女性で、南の国の気質がまだ色濃く残っていた。ただ顔色は目に見えて悪く、プラン3もまた大きな変更を伴うと判断せざるを得なかった。

とはいえ、それもまたすぐには変えられない。とりあえずは当初の予定通りに進めることにして、変更プランを複数案作ることにした。

まずは当たり障りのない投薬からだ。翌日に薬を持って行き、王妃と侍女に効能と服用の注意点を説明して部屋を辞した。

注意点と言っても『毎食後、早めに』程度だが、侍女はやけに深刻な顔でうなずいていた。どうやら細かい性質なのだろう。彼女にも投薬が必要かもしれないと考えているうちに、道を誤った。

宮殿の中は広い上に、どこもかしこも同じに見える。慌てて引き返そうとして、さらに間違え、気が付いたときには古い倉の前にいた。これが宮廷のはずれなら、延々歩いて行けばいつかはかならず敷地から出られる。

いっそ人目につかずに済むことに安堵したキリルは、老婆たちに短く切られてしまった前髪を横に流して耳にかけ直した。

一張羅のローブの裾が汚れないように引き上げ、片手で持つ。さて行こうとしたとき、倉庫の陰に人の気配を感じた。

苦しげな声を聞いた気がして、足を止める。

確かめるべきか。早く立ち去るべきか。悩んでいる間にも、男の咳払いが聞こえた。どうやら嘔吐したらしい。

「……誰だ」

向こうから問われ、その男の声を聞いた瞬間、キリルのからだは萎縮した。答えることもできず、その場に立ち尽くす。

目をすがめながら出てきたのは、不機嫌そうな顔のゲラシムだった。

「おまえ、こんなところでなにをしている」

睨みつけられ、ローブが汚れるのも気にせず膝をついた。相手は王族だ。出会えば最敬礼を取るのが礼儀だったが、そうでなくても、キリルは立っていられなかった。

うつむくこめかみに冷や汗が浮かび、忘れたつもりになっていた記憶が一気に甦る。

「私に抱かれに来たか」

浅ましいと言いたげにからかわれ、キリルはかすかに首を振った。

「……ここは兄上の区画だ。見つかると面倒だぞ。それとも、別のアルファが試したくなったか」

「おやめ、ください……」

「おまえのその言葉はそそる。嫌がるほどに、いっそう私を締め上げただろう」

そう言われてしまっては、返す言葉もない。

「兄上の区画とは言え、はずれだから心配するな」

「おからだの調子が、優れないのですか？」

「なぜだ」

「嘔吐されていたように思いました」

「……仲良しごっこの末に弱らせるのは、一族の伝統だ。出されたものを腹に残しておくほど愚鈍じゃない」

　そう言うと、ゲラシムはキリルの腕を掴んだ。引き上げて立たせると、あっさり手を引く。発情期でなければ、無体を働く気もないらしい。

「道に迷ったんだろう。母上の投薬は今日からだったはずだ」

　促されて、ゲラシムの後に続く。

「実際に会ってみて、どうだった」

「気力は失われていないように思います。ただ、侍女も顔色が悪いので、気になりました。若い娘です」

「ならば、侍女についての報告書をあげさせよう。医師がいいか。それとも、おまえが直接話を聞くか」

「できれば、直接」

　即答すると、ゲラシムは驚いたように振り向いた。キリルがうつむくと、あご先をそっと持ち上げられる。

ゲラシムの瞳は輝きのある緑だ。生い茂る夏草のように澄んで、生命力に溢れている。凛々しい顔立ちにわずかな笑みが浮かぶ。

「妊娠はしていないのか」

心を鷲掴みにするような声で問われ、キリルは視線を伏せた。瞳を見つめ過ぎたせいだ。発情期でもないのに、からだが熱を持ち、動悸が激しくなる。

「しておりません」

薬を飲んだことはもちろん言わない。

「それならば、来月もたっぷりと注いでやる。おまえも次からは楽しめるだろう」

あごを撫でる指の感触に、キリルは怯えた。それが不敬に当たると頭のどこかではわかっていたが、足枷をつけられたまま組み伏せられて教え込まれた強制絶頂の記憶は壮絶だ。楽しめるとは思えなかった。それでも発情期が来たら、自分はきっと足を開く。わかっているから、いたたまれなくなる。

「私の味を忘れるなよ」

そう言われ、逞しい男の指が離れる。

ゲラシムに研究所のそばまで送られ、深々とお辞儀をしたまま、キリルはしばらく顔を上げずにいた。

ゲラシムの声に戸惑い、同時に高揚した自分が許せなかったからだ。

でも、そんな抗いに意味はない。許せなくても認めるしかないのだ。これがオメガの本能だから、発情期が来たなら求めてくる男に足を開き、奪われるままに身を任せる。

それで得られるものが屈辱と喪失であっても、生きていくためには堪えなければならない。

どんなに否定しても逃れられない運命を突きつけられた気がして、ようやく傷の癒えかけていた心がまた傷つく。

ゲラシムが歩いて行った道をしばらく眺め、キリルは目を伏せた。傷に慣れることも、オメガである自分には必要なのだと、考えたくもないことを考え、気鬱はますます増えて行った。

＊＊＊

「申し訳ないのですが、キリルはうちで預かりますので」

フェドートが道を塞いだが、独身寮まで迎えに来たエラストは一歩も引かなかった。一ヶ月が経ち、キリルには次の発情期が来ているのだ。

「どうせ、部屋に閉じ込めて転がしておくだけだろう。こちらなら万全の対応ができる。キリル。さっさと用意しろ。先月のように連れて行かれたいのなら、人を呼ぶが」

「いえ、参ります」

コートだけを取りに行く。その後を、フェドートが追ってきた。

「すまない、キリル」

「あなたは関わらない方がいい。相手は王族です。弟や妹たちのことをよく考えてください」

「これを定期的に飲むように」

コートのポケットに押し込まれたのは薬箱だ。

「阻害薬なら」

「これは事前に阻害するものだ。後で飲むよりからだに優しい」

「わかりました」

それが売春窟で多用される薬だということをふたりは口にしなかった。発情期に呼ばれるのは仕方がないが、悪ふざけで妊娠させられることは避けなければならない。

「心配しなくてもいい」

フェドートには覚悟があるのだろう。いつになく真剣な声で言われ、キリルは泣き出しそうになりながらうつむいた。

もしも孕んでしまったら、最終的な堕胎薬を飲むことになる。そうして始末する罪をフェドートは自分が負うと決めているのだ。そんな覚悟はいらないと言いたかったが、口に出せば現実になりそうで、キリルには口にできない。フェドートも同じだ。

深刻なふたりの心情など知りもしないエラストは、さっさと馬車に乗り込んだ。キリルが後に続こうとすると、フェドートが踏み台を登った。

「あなたは彼を差別しているようだが、これでも王妃様の投薬を任されている男だ。ないがしろには扱わないでいただきたい」

そう言い切り、キリルを振り返る。

「イスに座って行きなさい。帰っても連絡はしなくていい。知らせが来るだろう。ただし、つらいときは遠慮なく屋敷までおいで」

キリルのからだには触れず、フェドートは踏み台をおりる。

馬車に乗り込むと扉が閉められ、決して広くはない車内で、エラストがこれみよがしなため息をついた。馬車はすぐに走り出す。

「あんなことが優しさだと思うか」

エラストは冷たい。キリルは視線を伏せた。

フェドートの行動は、優しい分だけキリルには酷だ。それでも、全面的な否定はできない。救われる気持ちもある。

それを説明したところで伝わる相手ではないと思うから口をつぐんだ。

「ゲラシム様はこの一ヶ月、ほとんど性行為をなさらなかった。……こんなことは初めてだ」

がたごとと響く車輪の音の中で、エラストはひとり言のように続けた。

「アルファが性的にもっとも欲求を深くするのは三十歳前後だと言われている。ゲラシム様は今年で二十六歳だ。おまえがいなければ、それなりのオメガをあてがわれるところだった」

なにを言いたいのかわからず、キリルは視線を向けた。窓の外を見るエラストの横顔には確かな怒りがある。それはキリルにではなく、別の誰かに向けられているらしい。忌々しげに口元を歪め、

「宮廷は未通性オメガを躍起になって探している。トリフォン様にあてがうためだ。なのに、ゲラシム様には瑕疵性オメガだなんて……」

吐き捨てるように言う。怒りがどこに向けられているのか、キリルにも予想ができた。

確かにゲラシムは生粋のアルファだ。トリフォンには会ったことがないからわからないが、あれほど強烈ではないだろう。もしも、生粋のアルファがふたりも存在したら、この国はあっさり分裂してしまう。

「あの方が『つがい』になれと言ったら、素直に従え。逆らったり、条件を出したりするな。望みがあるなら、こちらに言え」

「……言ってもいいんですか。どうせ、僕はアルファに逆らえません」

「ゲラシム様に、だ」

どちらでも一緒だろうと思ったが、射るように見つめてくるエラストの真剣さを前にしては言えない。キリルは窓へと視線を逃がしながら口を開いた。

「『つがい』になれば、アルファも精神的な安寧を得られると言いますが、オメガとの相性が

最優先されるでしょう……。望まれて拒める立場だとは思いません。でも、王妃様への投薬が終わるまでは我慢していただくようにお願いしてください。それまでは発情期のたびにお屋敷へ参じます。もう出迎えに御足労いただかなくても」

「あきらめたのか」

「こうだとわかったときからあきらめています。それでも、ウルリヒ教授の恩には報いたい。王妃様の投薬が成功したらフェドートの手柄に、失敗するようなことがあれば責任は僕が負います」

　投薬プランの満了は最大でも二年だ。それまでに一向に成果が上がらなければ失敗と見なされる。

「それまでにゲラシム様へ結婚をお勧めください」

「気が変わると思うのか」

「……王になられるなら、王妃となる女性は不可欠でしょう。僕が毎月お相手をすれば、悪い遊びに耽（ふけ）ることもないはずです」

　馬車の中だから言えることだ。エラストは静かに目を細めた。

「おまえのように優秀な人間がオメガだとは……」

　性欲をじゅうぶんに満たすことができれば、アルファ自身が自らの攻撃性に振り回されることはない。

そうすれば、女を壊れるまで抱くこともしなくて済み、結婚相手ともほどよい性交渉を楽しめる。

「……おまえ、顔が変わったな」

エラストに言われ、キリルはうつむいた。耳にかけた前髪がはずれ、視界を覆う。かきあげもせずにただ黙って下を向く。

アルファとの性交渉はオメガを美しくするのだ。精神的な安定がそうさせると言うが、実際はもっと即物的な理由だろう。

単に捨てられないようにするための防衛本能だ。

より美しく、より卑猥に。そして、フェロモンも濃厚になる。

瑕疵性オメガになっても変わらない資質だから、他者の保護を得られなかった場合には悲惨なことになる。

歴史の闇に葬りさられているが、少し視点を変えれば、どの町にもオメガを虐待した風習の名残(なごり)がある。多くは『魔払い』と呼ばれるものだ。アルファに躾けられた瑕疵性オメガを追い立て、死ぬまで犯し続ける。

このままではオメガを失うと悟ったアルファたちによって整備されたのが売春窟の前身だ。残されたオメガを必死にかき集めてきた。

「なにを笑う」

怪訝そうに睨まれて、キリルは首を傾げるようにして視線を向けた。エラストは嫌悪を露わにしたが、その裏には言い知れぬ存在への怯えも垣間見えた。

理解できぬものを差別して目をそらすのは、ゲラシムの侍従にしては狭量に過ぎると言いたかったが、それが生き甲斐のような男には酷な言葉だ。

人にはそれぞれの価値観がある。オメガへの差別が不当だとも言えないだろう。長い年月をかけて人心へ刷り込まれた忌避感だ。エラストの短所をあげつらったからと言って、覆るものでもない。

「この一ヶ月は、いつになく頭が冴えました」

馬車の揺れに身を任せ、キリルはぽつりと言った。

生粋のアルファに奪われ絶叫しながら果てた記憶に眠れない夜もあったが、すべては夢のようなものだと思ったときから心が晴れた。

そうすると精神が凪ぎ、雪が降った翌日のように澄んだ気分になったのだ。いまはそれも遠のき、薬で抑えた発情が苦しいほど身に迫る。

あの強烈な快感をもう一度味わうことが恐ろしくもあり、どこか待ち遠しいような気にもなってしまう。想像すると肌がおぞけ立ち、キリルはぶるっと震えた。

「雪ですね」

寒さのせいにして、静かに息を吐く。

窓から見える空に大きな綿雪が風に舞っている。このまま降り続けたのなら、明日は積もるに違いない。

「また冬だ」

エラストがぽつりと答える。

カザンノフに、長い冬が訪れようとしていた。

屋敷につくと、そのままゲラシムの居室に通された。コートから服のポケットに薬箱を移したことは気づかれず、エラストから風呂へ入るように命じられる。

帰るまでに服を洗っておこうと言われたが、帰りは自分だけの匂いで帰りたいと言って断った。エラストは不機嫌そうにしただけで、衣服を入れておくカゴを浴室の隅に置いて出ていく。

馬車の中の会話で少し態度が軟化したようだ。おそらくは、結婚を勧め、トリフォンよりも王位を継ぐにふさわしいと匂わせたからだろう。

ひとりになったキリルは手早く服を脱いだ。手の中に丸薬を出し、残りを服のポケットに隠す。

口に含み、洗面台の水を手で運ぶ。飲み下したのと同時に、

「なにを飲んだ」

ゲラシムの声がした。びくりと身をすくめ、キリルはうつむく。背後に立たれ、手のひらで顔を上げさせられる。鏡にふたりの顔が映った。

それが、あの夜の夜鏡を思い出させる。キリルは胸に刻まれた傷を押し広げられるような痛みに目元を歪めた。

「答えろ、キリル」

「……妊娠、阻害薬です」

発情期の抑制薬だと嘘をついてもよかったのに、とっさに真実が口をつく。

「許してください」

その場に膝をつき、ざっくりと編まれた敷物へ額をすりつけた。

「言い訳をしてみろ」

「え……」

腰に手をあてて見下ろしてくるゲラシムに、キリルは言葉を失った。自分も印象が変わったが、明らかにゲラシムも雰囲気が違う。

宮廷で迷子になったときは予想外の再会で気がつかなかったが、ガウンを着たゲラシムは、柔らかな黒髪がいつにもまして凛々しく、精悍(せいかん)な頬に男の魅力が溢れていた。精力に満ちているのが輝きとなって緑の瞳に現れている。

「どうした」

声を掛けられただけで気持ちが乱れ、キリルはもう一度額ずいた。痛むほどに、胸が苦しい。体温が跳ねあがるのに合わせて、股間が硬くなっていく。

「肌に、紅が差したぞ。興奮したのか」

「いえ、あの……」

しどろもどろになったキリルのそばに、ゲラシムのガウンが落ちる。

「一ヶ月。これを待っていたんだろう」

ゲラシムの両足が浴室の床を踏みしめている。見て確かめなくても、その手が握っているものは想像できた。

「阻害薬を飲んでまで、強制着床をされたいとは……。私の先端で子宮口を押し広げられて子種を飲みたいか」

「そんなこと……、言わないで、くださ……」

想像するだけでからだがぶるぶる震える。

嫌とは言えず、ほどかれた髪が肩に広がった。手に絡められて引かれ、顔を上げると、目の前に逞しく育った肉茎を突き出される。

キリルの視線に応えるように脈を打ち、ビキビキと音を立てそうなほど張り詰めて青筋が浮く。

「おまえの覚えの良さを見せてみろ」

くちびるに押しつけられ、素直に受け入れる。

チロチロと先端を舐めながら、膝立ちになって手を添えた。一ヶ月ぶりの口淫は股間が萎えるほど恥ずかしかったが、それもひと時のことだった。ときどきゲラシムの足で撫でられ、そこは持ち主の意思とは関係なく芯を持つ。

「口に出すぞ」

「んんっ……」

ぐっと押さえつけられ、喉の奥に先端が当たる。苦しさに身を引いたが、あっさりと引き戻された。それでもさっきほど深く穿たれずに済む。

歯を立てないように口を大きく開き、舌を裏側に添わせて手筒で幹をしごいた。ゲラシムが荒々しく息を乱し、大きく腰を震わせる。大量の精液が喉奥へ流れ込み、キリルは耐え切れずに首を振った。

くちびるからずるりと性器が抜け、だらだらと精液がこぼれる。ゲホゲホと咳き込むと、ゲラシムはタオルを投げて来た。

「多かったか。おまえのために溜めて来た精液だ」

こぼした分まで舐めろと言われる覚悟でうつむいたが、ゲラシムは床に落ちたタオルを足で踏みつけてそこを拭いた。

「来い」

腕を引かれ、浴槽に連れ込まれる。

「ごめ……なさい」

「謝ることか?」

浴槽のふちにひじをついたゲラシムは、こめかみを支えてニヤリと笑う。精悍な顔つきに浮かぶ尊大さは、生まれながらの特権階級ゆえだ。

「おまえとの性交を知ると、どうにもベータとの性交は味気ない。悪所は頭のおかしい傷モノばかりで気が滅入るしな」

「そんなところへあなたが行っては……、オメガには目の毒です」

「王子が行くことに対しては、なにもないのか」

「……視察でしょう」

王族の多くはそういう名目で売春窟へ足を運ぶ。もちろんお忍びでだ。

「口元を拭えよ。固まり始めてるぞ」

「あっ……」

慌てて湯をすくい、口をゆすいだ。それから口元と喉にかける。

ゲラシムの手で首の後ろを掴まれて引き寄せられ、胸に腕をつくのと同時にくちびるを吸われた。

「だ、だめっ……」

「黙れ」

一言で抵抗が封じられ、何度もくちびるが重なった。上くちびるを舐められ、下くちびるを吸われる。それでも離してはもらえず、手のひらに股間を掴まれた。

「舌を出してみろ」

「こんな……」

「この前もしたのにか？　キスされると、おまえのここは反り返るからな。ほら、坊やが顔を出したぞ」

湯の中で包皮を剥かれ、温かな刺激にキリルはわなないた。

「あっ……んぅ」

焦れた腰が揺れると、背を向けてまたがるように促される。尻の割れ目にゲラシムの昂ぶりが添うように押し当てられた。

「もっと振れよ。おまえの肉が動くと気持ちがいい」

「んっ、んっ……」

浴槽の両端を掴み、キリルは尻を押し当てながら腰を振る。そうすると、ゲラシムの手に包まれた自分のものも擦れて気持ちがいい。息が乱れ、声が洩れる。

「あたたかくて気持ちがいいだろう？　言ってみろ、キリル」

「……いい、です」

「そんな小さな声じゃ、わからない。おまえが動くから、湯が波立って仕方ない」

「ん……」

恥じらうと、白い肌が熱く火照る。

「気持ち、いいです……。殿下……」

「どこが。俺の握ってること、どこだ。まだあるだろう」

「……尻です……殿下の昂ぶりが……っ。あ、あぁっ」

ふいを突かれ、胸に指が這う。

「い、いや、です……」

身をよじって逃げたが、背中から抱かれて引き戻される。

「殿下。胸は、そこは……」

「妊娠すればオメガも母乳が出るんだろう。いつか吸ってやろう。母上の投薬が終われば、阻害薬を飲むことは許さない」

「は、はいっ……」

胸に両腕が回り、両方の乳首を指に挟まれた。

「あぅ……」

感じすぎるからだが跳ね、キリルは浴槽を掴んで背筋を反らす。

「あ、あぁ、あっ……」

「そんなに騒ぐと湯がなくなるだろう」

　キリルが悶えるたびにバシャバシャと浴槽の中の湯が飛び出てしまうのだ。ゲラシムはおかしそうに笑った。

「乳首を吸わせろ」

「……出ません」

　胸を押さえて、ゲラシムの足元へ逃げる。浴室の扉が叩かれ、

「浴槽の中でふざけるのはやめてください」

　エラストの声がする。

「からだを清めるだけだとおっしゃったではないですか。今夜は冷えますから、早く出て来てください。先月は食事もしなかったので、キリルがやつれたでしょう。夜食を用意しました」

「酒もあるだろうな。酔ったオメガはどうなるんだ」

　足先に背中をたどられ、スリットの端からツツとなぞられる。キリルは答えられずに震えるばかりだ。男の足先に陰嚢（いんのう）の裏をなぞられ、くちびるを噛んで耐える。

「キリルを搾ったらすぐに出る」

「あっ……、湯の中では……っ。か、感じすぎます……っ」

「じゃあ、湯を抜くか」

「からだが冷えます！」

エラストの声が響く。

「……僕は、かまいません。ひとりで処理して参りますので、どうぞお先に……」

「どうやって処理する」

「え……」

墓穴を掘ったと気づいたキリルは真っ赤になってうつむいた。だが、輿に乗ったゲラシムは引かなかった。

浴槽から引っ張り出され、タオル地のローブを着せられる。

連れられたのは暖炉の前の揺りイスだ。座らされる。

「処理をしてみろ」

イスを持ってきたゲラシムもローブを着ていた。裾が乱れるのも気にせず、足を組んで座る。

エラストがテーブルから葡萄酒(ぶどうしゅ)の入ったグラスを持ってきた。

「悪趣味な……」

「見ていくか、エラスト」

「ご遠慮します。オメガのフェロモンに当てられたくはありませんので」

「あとで、処理するのが大変だからなぁ」

「独り身の侍従をからかってくださいますな。それでは……」

エラストはすっと身を引き、テーブルに用意されていたもうひとつのグラスも満たした。最後に、しっかりやるようにと言い含める目つきでキリルを見据えて背を向けた。

「……殿下」

「なんだ」

「いえ……」

言葉を濁し、キリルはローブを開いた。片足を立てて自分の股間へ指を這わせる。ゲラシムに見られていると思うと、そこはすぐに硬くなる。オメガの陰茎はベータの男性と比べてもかなり小さい。自分で握ってもやすやすと手に収まる。

それでもこすれば快感が募った。

「んっ……、んんっ」

「キリル。どう気持ちいいか、言ってみろ」

「……ジ、ジンジンして……あっ。こすると、精液が……」

「学者だな」

笑い飛ばされ、キリルは目を伏せる。だが、手は止められなかった。

「教えてやろう、キリル」

テーブルにグラスを置いたゲラシムが近づき、揺りイスの背を掴む。イスが上向きに傾いで、キリルは視線を伏せていられなくなった。

王族の風格を漂わせながら見下ろしてくるゲラシムは、ゆっくりとキリルの手を離し、反り返る象徴の先端を包む。

「んっ……」

「大きく足を開いていろ」

「あっ。あっ……」

シュコシュコと音がするほどにしごかれる。キリルのくちびるはわなわなと震えた。

「しごかれていると、すぼまりが物足りなくなるだろう？　そう言ってみろ」

首を左右に振りかけたが、キリルはあきらめて息を吸い込む。酷くされないのなら素直に従っている方が良かった。抱かれたらどうせ、なにもかもが吹っ飛んでしまう。

自分で股間をいじりながら、ゲラシムを見上げた。

「……殿下の……指でしごかれてると、思うだけで……。すぼまりが……」

視界がじわりと揺らぎ、キリルは自分が泣いているのだと気づく。涙がほろほろとこぼれたが、

「すぼまりが、奥が……ッ」

大きく吸い込んだ息が喉で詰まり、ヒッと音が鳴る。

「あぁ……ッ！」

キリルは声をあげながらイスを滑り落ちた。萎えない股間が憎かったが、からだは思う通りにならない。とっさに歯を噛みしめたのが悟られ、髪を鷲掴みにされた。引きずり上げられ、

頬を張り飛ばされる。

「なにが不満だ……ッ」

ゲラシムは本気で怒っていた。エラストは隣の部屋にもいないのだろう。激昂したゲラシムの声に気づいて飛んでくることもない。

「……無理ですッ。気持ちが、ついて来ないんです」

キリルはたまらずに泣き崩れた。先月でさえ、これほどは取り乱さなかった。あのとき泣いたのは激しく突き上げられ、妊娠への恐怖と快感の強さに怯えたからだ。

「お許しください……。殿下ッ」

肩を蹴られたからだが、暖炉の前に敷かれた動物の毛の上に転がる。のしかかられ、キリルは必死で男のからだを突っぱねた。だが、力の差は歴然としている。

手首を掴まれ、からだを開かれた。

「僕は道具でもなければ、売春窟のオメガでもない」

「だから、どうだと言うんだ」

ゲラシムの目がギラギラと光る。興奮させているのはキリルだ。

「王族からからだを望まれて不満か？　学者風情が」

「……なにをしてもかまいません。でも……」

「媚を売らせるなと言いたいのか」

殴られるかと思った。だが、ゲラシムは振り上げた手を止める。立ち上がり、からだを繋ぎやすくするための油のビンを取って戻ってきた。

「這いつくばって、腰をあげろ。おまえはいま、私になにを言ったか、わかってるのか」

腰を掴まれ、額ずくポーズを取らされる。動物の毛の敷物にオイルが垂れるのもかまわず、ゲラシムは押し開いたすぼまりを濡らす。

「くっ……ぁ」

指がずぶりと突き刺さり、キリルは奥歯を噛んだ。殴られた頬がひりひりと痛み、自分で噛んだ舌からは血の味がする。

もう一度噛むことはできなかった。そんな余裕を失うほどに激しく内壁を掻き混ぜられたからだ。

「あっ、あっ……、あぁっ！」

「私に媚を売ることがおまえにとってどれほどの苦悩だと言うんだ。こうして穴をほじくられて欲情する方がいいのか。淫乱なオメガが……」

罵（ののし）られ、いっそうひどく指で責められる。

「あっ、んっ……んっ」

「苦しいだろう。許しを乞え、キリル」

ぐいぐいと内部を押され、股間がはち切れそうに膨らむ。

「あっ……あっ！」

理性が弾けそうになるギリギリで、キリルはあやうく立ち止まる。だが、燃えたつ欲望をこらえることはできなかった。

発情期の熱がゲラシムの指に絡みつき、もっと太くて長いものを欲してしまう。

「も、もぅ……」

自分から求めそうになり、言葉を飲み込む。

オメガだからアルファを求める。それは必然だ。同じように、アルファもまたオメガを求める。

そこにあるのは満たしがたい欲情であって、心通わせる愛情じゃない。なのに、キリルの胸はじくじくと痛み、欲望を募らせる男の指に焦らされる。

辱められたくないと願うキリルの自尊心は、オメガ性の資質によって無残に壊されていく。発情期の熱に浮かされ、アルファの指が与える快楽に身も心も溶解していくようだった。

「許してください……、許して……。こわいんです。殿下。どうか……」

目眩がするほどの快感が途切れることもなく押し寄せ、キリルはもう訳がわからなくなる。腰をよじらせて拒むつもりだったが、押しつけるようになってしまい、両膝をついた足をばたつかせた。

ゲラシムの指がずるりと抜けて、からだが仰向けにされる。

「ふざけて媚が売れるほど、慣れていま、せん……ッ。どうか、どうか……」

涙で顔を濡らし、キリルは懇願した。ゲラシムのローブの袖を強く掴んで、声を引きつらせる。

「どうか……挿れて……ください っ」

快楽に負けたことにさえ、キリルは気づかなかった。

早く楽になりたいと思う一方で、からだはすでに先月の快感を追っている。もっと強い悦楽は、アルファであるゲラシムのからだでしか感じることができないのだ。

崩壊した自尊心を前に、キリルは顔をくしゃくしゃにしてくちびるを噛む。

ゲラシムの手に膝を開かれ、泣き叫びたくなるのをこらえながら、しゃくり上げた。ローブへとすがり、強くしがみつく。

「殿下……、殿下……」

心は快楽なんて微塵(みじん)も求めていない。だのに、からだの熱に押し流されて欲情が溢れる。からだの奥でひそやかに存在するオメガの子宮が、男の種を欲しがってうごめくのを感じ、キリルは快楽のふちで絶望した。

道具でもなければ、春を売る人間でもない。それなのに、からだは愛してもいない相手を求めて脈を打つ。オメガだから、下等な生殖種だから、理性を保つことさえできないのだ。

「どうしろと……」

ゲラシムが顔を歪めた。興醒めしたのか、身を引こうとする。

キリルは強くローブを引き寄せた。手を滑らせると、ゲラシムのそこは萎えていなかった。

それどころか、先走りで濡れるほどにいきり立っている。

「入れたら、最後だ。止まれない」

苦々しく言われ、キリルは涙顔で見つめ返した。

それはもう痛いほど身に沁みていた。挿入されたら、快楽に対するオメガの貪欲さを嘆くこともできなくなる。

自分から淫らに腰を振り、犯されるためなら恥ずかしい言葉だって口にする。先月はそうだった。

もう戻れないのだと、キリルは自分自身に言い訳をする。アルファに抱かれ、種付けの快感を教え込まれたからだは禁欲できない。なのに、まだ痛む心がある。

息をするだけで喉が引きつり、喘ぎながら腰をあげる。ゲラシムの先端がすぼまりをかすめると、目の前がチカチカと点滅して、入れられてもいないのに腰が跳ねた。

「あぁっ……。もうっ……」

甘く叫んで身悶えると、忌々しげに舌を鳴らしたゲラシムの手に強く肩を押さえつけられた。覆いかぶさるようにキスをされ、舌がぬろりと口の中を舐めた。

「血の味がする。もう二度とするな」

怒ったように、ぎりっと睨みつけられる。命を絶つことさえアルファの許しがなければならないのだと思い、キリルは目を伏せる。

肩を掴んでいたゲラシムの指から力が抜け、うなじを辿るように撫でられた。視線を向けると瞳を覗き込まれる。

ギラつく欲望の中に、所有欲とは違う柔らかな感情が見えた気がしたが、確かめる間もなく、ゲラシムの腰の昂ぶりがすぼまりを滑った。張り詰めた先端の動きに快感が甦り、胸をよぎった疑問はすっかり吹き飛ぶ。

キリルは腰を揺らした。欲しくて欲しくて、ぶるぶる震えながらその時を待つ。

もう一度キスをしながら、ゲラシムは腰を進めた。強く張り詰めた先端が、しとどに濡れる沼地を掻き分けて潜り込む。

「あ、あぁっ……」

キリルの昂ぶりは挿入された衝撃だけで果て、ふたりの胸の間に白濁した体液を撒き散らす。

キリルはなおも興奮して、肌を震わせながら身悶えた。

「ん、んっー……ッ!」

声さえ出せないほどの快感にさらされたが、ゲラシムは容赦なく身を押し込み、腰を激しく振り立てる。その凶暴さに怯えながら、キリルは一方で狂おしく欲望を燃え立たせた。

男の太い腰に足を巻きつけ、もっと奥へと誘い込む。ねじこまれたいのは、発情期に合わせて降りてきた、ひそやかな入り口だ。

「ひっ……」

そこを先端でこすられ、キリルの奥歯がガチガチと音を鳴らした。

「キリル……ッ」

欲望を噛み殺すように呻いたゲラシムの先端が、遠慮なく子宮口へと突き刺さる。狭まっていた場所はすぐに柔らかくほどけ、待ち望んだ男の性器を誘い込む。

「あーっ。あ、ぁっ！」

キリルは頭の中を真っ白にしながら泣いた。この一ヶ月、自分を抑えながらも待ち望んだのは、この快感だと思い知らされる。

屈辱と絶望は波高く押し寄せたが、それ以上に甘美な快楽が渦を巻く。

「ああぁっ……」

ひときわ大きく絞り出した声は、女のそれよりもなお淫靡（いんび）に響き、腰を揺らすゲラシムを煽（あお）り立てる。獣のような息遣いで犯され、ずくずくと内壁が乱された。そのたびに奥地のすぼまりが亀頭とのキスを繰り返し、ねっとりとした淫蕩な快感がふたりを包んだ。

キリルが四肢を強張（こわば）らせて絶頂に達し、絞られているゲラシムは汗をしたたらせる。

「く、くるっ……、来ますっ」

叫びながらゲラシムにしがみつき、キリルはただひたすらにキスを求めた。

「あ、あっ。くるっ、……すごいのっ」

叫びながら振り立てるキリルの腰を、ゲラシムが全身の力で押さえ込んだ。

「出すぞ、キリル……ッ」

「んっ、んっ。……赤ちゃん、赤ちゃん……あぁっ……できる、できちゃう……あぁっ」

目の前がふっと白くなり、ゲラシムが放つ精液の熱さで意識が戻る。後はもう完全な混沌(こんとん)だった。

そのまま体位を変えて二度三度と交わり、ゲラシムの精液をこぼしながらまたがりもした。繋がった腰を自分から動かし、ゲラシムの手が繰り返す乳首への愛撫に悶え、唾液であごが濡れるほどに乱れた。

快感が快感を呼び、積み上がった果ての絶頂はどちらにとっても得も言われぬほどの悦楽になる。キリルは完全に理性を手放し、欲に溺れた。

媚を売りたくないと泣いたことも忘れ、自分から卑猥な言葉でゲラシムを煽る。

足の上に抱えられ、胸を擦り合わせ、キリルは初めてゲラシムの名前を呼んだ。敬称を付けることも忘れたが、返って来たのは叱責(しっせき)ではなく、激しいキスと突き上げの動きだった。

「快感の、せいだっ……」

そう言いながら射精を繰り返すたびに、ゲラシムの頬は精悍さを極めた。惚れ惚れ(ほぼ)する男振りを独り占めするように抱き寄せ、キリルは甘えるように相手を見た。

「そんなこと……。どうでも……っ。きもち、いい……。きもちいいっ」

「キリル……、おまえがっ」

強く抱きしめられ、拘束の快感に打ち震えるキリルは、ゲラシムがなにを言おうとしたのかさえ考えなかった。

タガのはずれたキリルには、頭を動かす余裕もない。

言葉をキスで奪い、舌を吸い上げながら、もっと精液が欲しいと繰り返す。そうして、ゆっくりとゆっくりと、快楽しかない夜へ沈み込んでいった。

＊＊＊

鏡に映る自分の顔を、キリルは指先でなぞる。

ゲラシムとからだを繋いでから初めて迎えた発情期は記憶を辿ることさえ難しかった。最初の夜の記憶がほとんどなく、その反動なのか、終わるまでの数日間は穏やかに過ぎた。

性行為はあったが決まって夜に誘われ、狂いそうな快感が訪れる前にゲラシムが一方的に終わらせたからだ。あきれられたのか、飽きられたのか。

どちらにしても喜ばしいはずなのに、自宅に戻ったキリルの気持ちは晴れなかった。

長い間、前髪で隠していた自分の顔をまじまじと観察する。

柔らかな曲線を描く眉と小ぶりな鼻。くちびるを見つめると、ゲラシムのキスを思い出す。胸がぎゅっと苦しくなり、息を吐き出すのと一緒に声が洩れる。もうからだを繋ぐことはないのかもしれない。そう思うと、心は寒さに震える子ウサギのように縮こまる。

発情期を共有する快感が、偽りの恋慕を生みだしているのだとキリルは思った。だが、そう結論付けて振り切ろうとするたびに、心が痛んで気持ちが塞ぐ。

心のない道具になれたなら、どれほどマシだろうかと思う。オメガが抱くアルファへの感情は恋に似ている。だから、叶わない恋を味わう苦しさに耐えられず、『つがい』になりたいと願うのかもしれない。たとえ性欲処理の道具だとしても、『つがい』に選ばれたという事実は心を癒し、いつか来る別れのときには相手を愛した心さえ必ず殺せるからだ。失ったことに傷つくのは、その一瞬だけで済む。

ならば、オメガが心を捧げるのは破瓜の快感をもたらしたアルファだけということになる。初めての行為が優しくても乱暴でも、オメガは快感を得るのだから。

それもまた宿命なのだろう。アルファと出会い、からだを繋いだオメガの宿命。繋げるものはからだだけで、心までは決して結べない。それもまた、運命だ。

そう考えたキリルは、ふと疑問を感じた。

鏡の中の自分をじっくりと見つめる。

欲しいのはいったい、なになのか。

アルファの逞しい昂ぶりか、それともたっぷりとからだの奥を満たす精液か。

それとも、触れることのできない、心なのか。

もう抱かれたくないと思い、キリルは息はつく。そう思う先から、からだの奥が濡れてくる。

すべての思考を手放し、自分の顔を両手で覆う。

舌を噛み切ろうとしたとき、ゲラシムは激しく怒った。血の味を感じ、もう二度とするなと言った。

それがどれほど理性的な言葉だったのかを、キリルはいまになって実感する。

自分との行為を嫌がったと思ったのなら折檻(せっかん)されてもおかしくなかったのだ。ゲラシムには身勝手に振る舞って許されるだけの立場と権力がある。

でも、肩を強く掴んだ指でうなじを撫で上げられたとき、キリルは優しい仕草だと思った。

その記憶にキリルは浅い息を繰り返す。

快感が生み出した偽りの恋慕だと自分に言い聞かせる。でも、理性的であろうとする心は覚えたての感情に翻弄され、行ったり来たりを繰り返した。

【3】

発情期の間に降り積もった雪が根雪となり、カザンノフの冬が始まった。薄灰色の雪雲が空を覆い、晴れの日が少なくなっていく。

研究室の机から外を見るたびに、雪は降り方を変える。ついさっきは粉雪だったのが、いまは大きな綿雪だ。

王妃への投薬記録をまとめていたキリルは、机の隅に重ねておいた王妃付き侍女の診察記録を引き寄せた。医師への聴取結果と自分の目で見た際の記録を眺める。

投薬プランは複数あるが、できれば短期で決着をつけたい。それができると思うのに決め手に欠けるのだ。

「キリル！」

扉が大きな音を立てて開き、息せき切ったフェドートが飛び込んでくる。驚いて振り向いたキリルは、腕を引かれていっそう目を丸くした。

「ど、どうしたんです……。落ち着いて」

フェドートは慌ててしゃがみ込む。引っ張られたキリルも机の陰に膝をついた。

「視察……ッ」

「え？」

　よほど懸命に走って来たのだろう。汗ばんだフェドートの額には前髪がべったりと貼りついている。

「だいじょうぶですか」

「殿下が、来る……隠れて、いなさい」

　胸を押さえて息を整えたフェドートは、額の汗を研究着の袖で拭い、髪を手早く整えて立ち上がる。キリルは戸惑ったまま、その場にしゃがんだ。

　また抜き打ちの視察だった。それほど母である王妃の体調が気になるのだろうと思いながら、キリルは気を回し過ぎるフェドートを見る。

　肩ごしに窓が見え、本降りになった雪に目を細めた。その冷たさを想像すると、ほんの少しだけ気持ちが落ち着く。

　ゲラシムの声を待ち望む自分を恥じたキリルは、扉を叩く音にうつむいた。

　エラストの声がして、迎え入れるフェドートの声。

　そしてゲラシムの低い声が続く。

　両手で顔を覆ったキリルは、そっと自分の手のひらを見る。指先が小刻みに震えていた。

　あれからどれほど、この気持ちについて考えただろう。

オメガの宿命と、アルファと繋がる運命。そして、第二王子であるゲラシムのこと。

オメガでなくても、一介の研究員を『対等な人間』として扱うはずがないのだ。侍女の処女を奪い、それなりの金を渡して済ませるのは普通なのに、男である自分だけが特別に扱われるはずもなかった。

なにを期待したのかと自己嫌悪に陥っても、声を聞いて震える指先とは関係がない。目に見える事象を他人のことのように眺め、キリルは床に広がっていた研究着の裾を引き寄せた。

「キリルはどうした」

厳しいゲラシムの声に問われ、

「御用があれば、わたしが伺っておきます」

いるともいないとも言わずフェドートは強気に出る。権威ある王立薬学術研究所の教授だから許される態度だ。

「体調に変化はないか」

「それはどういう意味ですか」

声に現れるトゲを隠しもせず、責めるように言い返すと、ゲラシムの笑い声が響いた。

「……意味か。そのままと言っても、信じそうにもないな。この前飲んでいた阻害薬にも副作用があるんだろう」

「副作用のない薬などありません」

「そう噛みつくな。副作用や好転反応が人それぞれだということは知っている。その上で、教授の見解を聞きたい」

イスを引く音がした。長い足を組んで座るゲラシムの男振りを想像して、キリルはいっそううつむいてしまう。引き寄せた研究着の裾を意味もなく折り畳む。

「からだにいい阻害薬などありません。摂理に反することですから。わたしがキリルに持たせたものは、彼のからだに合わせて調合してあります。可能性がある副作用は眠気ですが……、飲むことをお認めくださったんですね」

「……精神的に不安定になることはあるか」

「どうでしょう。そのあたりの報告は副作用の症状として残りにくいので……。もし、そのようなことがあったのなら、薬のせいではないでしょう」

研究室に沈黙が走る。それは緊張感を内包して、一触即発の雰囲気を醸す。

睨み合うふたりを想像したキリルは、フェドートのことが心配になった。だが、それを伝えるには距離があり過ぎる。第一、キリルは隠れたままだ。

「ゲラシム殿下。これは優秀な研究員であるキリルの上司として言いますが、彼を道具のように扱うのはおやめください。相応しくない表現ですが、キリルはお情けを待つ侍女たちとは違います」

「オメガだ」

ゲラシムが冷淡に返した瞬間、机を叩く音が響いた。びくっと震えたキリルは息を飲む。フェドートが叩いたのだ。

「フェドート教授！」

「侍従ごときは黙っていろ！」

いつも陽気なフェドートは割って入ったエラストの声にさえ激昂する。怒鳴り返されたエラストの苦々しい表情が見えるようだ。

「……そうだろう。家柄も生まれのひとつだ。どんな立場に生まれるか、それを人が選べますか？　エラスト。あなたは良い家柄に生まれた。わたしも研究者の家系に生まれた。でも、その期待に応えるための努力は惜しまずに来たはずだ。キリルはなにもないところから始めたんだ。ゲラシム殿下。あなたはおそらく、宮廷の中で一番の人間でしょう。生粋のアルファだ。しかしそれは、オメガを貶めて作られる威光ではないはずだ。アルファにとってのオメガの価値を知る気がないのなら、あなたもまた、『下級アルファ』に過ぎない」

「言ったな、フェドート」

「よろしいですか。王妃の投薬を受け持つこの研究室は、第二王子のわがままぐらいでは揺るぎません。……アルファならそれらしく励むべきだ。人が十歩かかるところを一足飛び（いっそくと）に行ける能力を見誤らないように……」

「それは、ウルリヒ教授の教えか」

「人は正しく平等です。平均値と比べるから格差が生まれるだけでしょう。話を戻しますが、キリル自身を知るつもりがないのなら、王妃の投薬担当者に手をお出しにならないように」

「もしも私がキリルを保護すると言ったら、おまえは素直に身を引くか」

「わたしとキリルは兄弟のようなものだ。あなたが弟に相応しい『人間』ならば、その地位が人より劣っていようともお任せします。……殿下、わたしはキリルが拾われたその日から、邪心を持つなと厳しく教えられました。オメガの相手はオメガ自身が決めます。それに」

フェドートがくちごもり、またわずかな沈黙が訪れる。ゲラシムに視線で促されたのだろう。フェドートは感情の昂ぶりに疲れたように息をついた。

「オメガは繊細です。激しい発情期の揺り返しで自死を選ぶこともないわけじゃない。……彼を、壊さないでください」

「たいせつな弟だからか」

ゲラシムの凛々しい声は、雪の降り続く静けさに包まれた研究室によく響く。

フェドートの答えは返らなかった。

ため息をついたゲラシムが立ち上がる気配がして、

「キリルに伝えてくれ。来週は王立劇場に歌劇がかかる。招待したいので予定をあけておくように……。キリルは、歌劇を好むか？」

「夏の野外劇場には毎年行きます。劇場の一般の席は混み合うので……ボックスであれば問題ないでしょう。伝えておきます」

「よろしく頼む。それから……この研究室の床に落ちた研究着は、勝手に動くらしいな」

ゲラシムの言葉に、フェドートは陽気な笑い声を響かせた。

「これは失礼しました。ネズミも冬支度をしているのでしょう」

「今年の冬は寒くなりそうだ。気を付けてやってくれ」

「……まだ、あなたのネズミではありませんよ」

フェドートのからかいに、ゲラシムも笑う。

「ここもいつかは私のものだ」

朗らかな声には似合わない問題発言だったが、それがフェドートの助言に対するゲラシムの誠意だ。生粋のアルファとしての責務には、正しく国を導く使命もついてくる。

ゲラシムとエラストが出て行き、扉が静かに閉まる音がした。

しゃがんだキリルの前に、フェドートが腰をおろす。

「泣くなよ、キリル」

あごを掴まれ、研究着の袖で顔を拭われる。

「泣いてません」

そう答えながら、いつかも、こんな会話をしたと思い出す。

コネのごり押しで研究所へ入れられ、人に追いつこうと必死で勉強していた頃だ。孤児であることを揶揄(やゆ)されて、オメガだと知られるよりはいいと思っても、涙は溢れた。

薬学が身に付かなければ明日はないと思い、その孤独と重圧に耐えきれなかったとき、フェドートはいつもそばにいたのだ。

伸ばしてやっと手が届く距離で、ただ頬が汚れていると言いたげに涙を拭いてくれた。

「王子に説教するなんて……」

「あぁ、父親譲りの悪い癖が出た。でも、わたしの相手は第二王子だ。陛下じゃないだけマシだろう」

ふっと笑ったフェドートは、胸元に回っていた自分の長い髪を背中に払った。

「殿下が好きか」

聞かれ、キリルは首を左右に振った。

「わからない。……アルファとの性行為は、その……すごいから」

「そうか。歌劇を観てくるといいよ」

「でも……」

「求められても断っていい。さっきの説教を聞いてまだ無理強(じ)いをするなら、わたしにも考えがあるからね」

「こわいことを言わないでください」

「……知りたいだろう？　自分の気持ちがどこから来るか。君だってウルリヒの家で育ったんだ。学者肌の学術馬鹿だよ。答えはゆっくり探せばいい」

笑ったフェドートはすくりと立ち上がる。

「利口な君ならいいけどねぇ」

「え？」

聞き返したが、窓の外を見つめるフェドートは素知らぬふりで口笛を吹く。

「冬の長さには辟易（へきえき）するが、カザンノフの雪はやっぱり美しいな」

「弟たちはいつから雪人形を作るでしょうね」

「もう少し猶予がある」

肩をすくめたフェドートは、いまから腰が痛いと言いたげだ。

「さて、雪山の次に大好きな研究に戻るか」

そう言って、長い髪を背中に揺らめかせながら窓辺を離れた。

＊＊＊

男同士で連れ立って劇場へ行くことは珍しくない。

特に王立劇場クラスになれば社交場としての意味合いもあり、ボックス席で交わされる商談も少なくなかった。

第二王子が所有しているボックス席への招待となると、もちろん正装が必須になる。気軽な夏の野外劇場と一般劇場の経験しかないキリルとフェドートはそれに気づかなかったが、承諾の返事をしたその日のうちに宮廷お抱えの仕立て職人が研究室へ来た。あれこれと好みを聞かれたが、キリルはすべてを任せて質素にとだけ頼んだ。

仮縫いも行われ、観劇予定の二日前には職人自らがウルリヒ家の屋敷へ届けにきた。試着のために呼び出されたキリルは、直しのないことに満足げな職人を見送った後で、ため息をついた。客間に吊るされた正装の一揃えは、まるで質素じゃなかったからだ。

仮縫いのなかったシャツの襟元についているフリルを取って欲しいと言ったら噛みつくような勢いで怒られた。

「こんなの……」

当日になってもため息が漏れる。着替えを手伝ってくれたウルリヒ家の使用人の老女はくすくすと笑う。

櫛でとかした長い髪が首の後ろでひとつに結ばれる。

「キリルが舞台に出ていてもおかしくないぐらい」

様子を見に来ていたフェドートの妹が子どもらしい目で笑う。下の妹のシェイラだ。その後ろからは、姉のアルシアが顔を出す。

「ゲラシム殿下のご招待なんですって？　お迎えにいらっしゃる？」

「王子様？　すごい！　どうしよう、わたし、この服でいい？」

「お嬢様方はお部屋を出られませんように。もしいらっしゃっても、フェドート様がお相手なさいますよ」

老女にたしなめられ、ふたりは頬を膨らませる。

「えぇー。お会いしたい〜」

「見てみた〜い」

「まぁ！　王族に対して敬意のない。まったく……。コートは用意しなくていいと伺ってますが」

「うん。貸していただけることになってる」

イスから立ち上がったキリルは全身を鏡に映した。

ぴったりと身に添ったズボンと膝下まで丈がある長い革靴。合わせを深く重ねた前裾の短い上着は、流行り(はや)の一着だ。

「あの上着、おじさんだとコルセットをつけるのよ。お腹(なか)が出てるから」

アルシアが物知り顔に言う。

「素敵ね、キリル。前髪を切ってから本当にきれい」

「絵本の王子様みたいよ」

小さな妹は合わせた両手に頬を寄せ、うっとりと目を細める。

「ううん、絵本の王子様よりもずっときれいだから、もしかしたら、キリルと王子様のラブロマンスが始まるんじゃないかしら……」

「お嬢様！　妄想がくちびるから流れ出てますよ。それは物語の中だけのお話です。男性を娶ることのできる王族は陛下だけなんですから」

「だから、素敵なのよ。禁断の恋だわ」

「知ったようなことを言って」

　夢見る妹を横目で見て、こちらもまだまだ少女の姉が大人ぶる。キリルは老女へ視線を向けた。

「陛下ならというのは、本当ですか。それは側室として？」

「お嬢様方の読まれるロマンス小説は古い時代が舞台なんです。三代ほど前の王妃は確か……」

「知らなかったな」

「記録には女性として残っているようです」

　老女は穏やかに笑って顔を伏せた。つまり、アルファの王であれば、オメガを王妃として娶ることができたということだ。

　だが、良家の子女である妹たちの前でオメガの話は控えたのだろう。出回っているロマンス小説の中にはオメガが幸福になる話もあるが、誰もがそれを現実とはかけ離れた夢物語とわかって楽しんでいる。

そこに描かれているのは、現実のオメガとは別物なのだ。もちろん、ベータの男性同士の場合もある。同性愛は確率が少ないだけで取り立てて禁忌じゃない。ただ、オメガと思われたくないから表沙汰にならないのだ。

「ねえ、ねえ、貸していただけるってことは、コートはやっぱり毛皮？」

「キリルなら銀狐が似合うと思うわ」

「姉様、ヤマネコも素敵よ。この前の、あの挿画の……」

ふたりは同時にキリルを凝視し、にっこり微笑んで互いの手を取り合う。

「ねー？　素敵」

「ロマンス、ロマンス」

キャッキャッとはしゃぎ過ぎて、つまみ出された。

「ゲラシム殿下は、アルファでいらっしゃいますか」

長く屋敷に仕えている老女は、キリルの秘密を知っているようだったが、口に出したことはない。いつも素知らぬふりをしてくれている。

「うん……」

気鬱にうなずくと、老女は心配そうに息をつく。

「フェドート様はご存じなんですね」

「うん……」

　キリルの様子でゲラシムとの関係も想像できたのだろう。老女はくちびるを引き結んだ。

「ゲラシム殿下が王位に就けば、僕も大出世できるかな」

「殿下は良い方ですか。アルファは攻撃性が強いでしょう。三代前の王は戦争を好んだので、周りがオメガを王妃にしたんですよ。こんなことは記録に残りませんが、女性となっているのはオメガが複数いたからです」

　次々と『つがい』を乗り換えたということだ。ひどいとは口に出せず、キリルはうつむいた。その頬をばちんと両手で挟まれる。

　しわがれた手は温かい。

「こんなにおきれいなのに、なぜうつむくのです。気鬱な男は大嫌いです。いいですか。きれいだということはそれだけで価値です。何度も言ったじゃないですか。あなたがなんであれ、際だってきれいなのは個性なんです」

「……はい」

「いつまで経っても子どものようだと、お嬢様方と同様に扱いますよ。寮の部屋の枕元で、ロマンス小説を読んで差し上げます」

「それはちょっと……」

「嫌なら成長したところをお見せください。背筋を伸ばして、足元を見ないように歩いてくださいよ。殿下のボックス席に呼ばれるのですから、キリル様がみっともないと、殿下もそう見られます」

「え。そうなの？」

「まぁ！　なにもご存じない！」

「ふたりきりなら、なおさらよ」

ドアの隙間から妹たちの声がする。

「立ち聞きなんて！」

老女が声をあげたが、ひょっこりと顔を見せた妹たちはにっこり笑う。

「立ち聞きじゃないわ。お知らせに来たの」

「馬車が到着したわ。ご挨拶しちゃった」

「まぁ！」

「王子様の侍従の方よ」

「すっきりして素敵よ」

「キリル様、ご用意はよろしいですね？」

老女はキリルの周りをぐるっと歩き、深くうなずいた。

「本当にご立派ですよ。まるで……」

言いかけて口ごもる。その後ろで少女たちは声を忍ばせて笑い合った。老女も妹たちと同じことを言おうとしたのだ。

部屋を出てロビーへ降りる階段へ向かうと、下のロビーに毛皮を抱えるエラストの姿が見えた。そばにはフェドートが立っている。

「あっ！　銀狐よ！」

シェイラが言い、

「どうしましょう」

別のものに目を奪われたアルシアがキリルの手をぎゅっと掴んだ。

フェドートと立ち話をしているのは、杖(つえ)を手にしたゲラシムだった。内側に毛皮を張った天鵞絨(ビロード)のマントは膝下まであり、青とも藍ともつかない色をしていた。光沢のなめらかさがゲラシムのあでやかさによく似合う。

キリルはふたりの手を引いて階段を降りた。

フェドートの隣に立たせて紹介を任せると、ふたりはさっきまでと真反対の小さな声で挨拶をした。

「小さなお嬢さんたちだ。パーティーで会えるようになったら、挨拶においで」

凛々しい王子から優しい言葉をかけられ、ふたりは耳から首まで真っ赤にした。フェドートが丁重な礼を告げ、妹たちをさがらせる。

エラストが手にしたシルバーの毛皮を広げ、キリルの背に回った。二重廻しになっている膝上丈のマントはふわりと暖かい。前のボタンが留められる。

今夜も雪は降っているのだ。

「それでは」

と、きっかけを作ったゲラシムが黒いハットをかぶる。

「帰りもこちらに送り届けてください」

フェドートがすかさず言った。

「起きて待ちますから、常識的な時間でお願いします」

「過保護だな」

ゲラシムの目がキリルをちらりと見る。ぼんやりしていたキリルは驚くのも忘れ、向けられた視線をただ当然のように受け止めた。

フェドートの妹たちがあまりに騒ぐから、本物の王子の存在感に飲まれてしまう。こんな凛々しい男と口にするのも憚(はばか)られるような夜を過ごしたことを知られたくないと思った。

キリルの物語はロマンスなんかじゃない。もっと即物的で、もっと残酷だ。それが現実だと、少女たちはまだ知らなくていい。

「演目が終われば、すぐに引き上げる。社交は目的じゃないからな」

ゲラシムに手を差し伸ばされ、キリルはそれさえ夢のように眺めた。

「よかったな。キリル」

フェドートがさりげなく前に出て、ゲラシムの手を視界の陰にする。背中を押され、キリルはやっと我に返った。

「ごめんなさい。あの子たちがおかしなことばかり言うから、それを思い出してしまって」

フェドートに言い訳しながら、キリルは屋敷の外へ出た。

雪避けの屋根の下には王家の紋章が入った豪奢な馬車が停まっている。

その後ろに続く簡素な馬車は、エラストが乗るためのものだ。

「い、一台で行けば……」

思わず口にすると、ゲラシムが見るからに不機嫌な表情になる。

「こちらには乗せませんよ」

エラストにも冷淡に睨まれた。

「わたしも同行すべきだったかな」

不穏な空気を察知したフェドートが陽気に言い、キリルはとっさに彼の腕を掴んだ。どうしてそれを思いつかなかったのかと考えた瞬間、ゲラシムの手が伸びて来た。手首を掴まれ、引き剥がされる。

「……キリルとふたりでご覧になりたいんだよ」

ゲラシムの強引な行動を目で制止しながら、フェドートはキリルの手をゲラシムの腕に掴まらせた。

不思議と足がすくみ、キリルは戸惑いの目を伏せる。

発情期にエラストが迎えに来ても、こんな気持ちにはならなかった。なのに、いまは不安で胸が張り裂けそうになる。

行きたくないと言いかけたキリルは、顔を覗き込んできたゲラシムを見つめ返した。

「体調が悪くなったら、すぐに送る」

気遣う言葉を掛けられ、キリルは目をしばたたかせる。

体調の悪さを押して出かけると思っているゲラシムに向かって首を振った。

「僕は頑丈ですから」

「どうだかな」

キリルの言葉を信用していない声で言ったゲラシムに促されて馬車に乗る。ドアが閉められ、窓の向こうのフェドートに手を振る。

「きちんと帰してやる。……信じろ」

動き出した馬車の中で言われ、振り向いたキリルはまた目を奪われる。向かい合わせの長イスに互い違いで座っているゲラシムは足を組んでいた。その佇(たたず)まいの格好良さは、息をするのも苦しいほどだ。

アルファの威厳だと思いながら、キリルはその性別の向こう側にいるゲラシムという男を見つめる。ふたりきりの馬車の中は静かで、どちらも口を開かなかったが嫌な雰囲気ではなかった。

　雪の降るのを眺めるゲラシムの横顔を、キリルは遠慮なく眺めた。発情期でないときにふたりきりになるのは初めてだと気づき、その特別さにまたうつむいてしまう。

「酔ったか」

「……いままで乗った馬車の中で、一番の乗り心地です」

「そうか。……今夜の演目は母上の好きな物語だ」

「では次の投薬では感想をお伝えします」

「そうしてくれ」

　ゲラシムの返事の後はまた沈黙が続き、キリルは自分の指先を見つめた。使用人の老女から聞いた話を思い出し、ゲラシムほど生粋のアルファならやはりオメガを次々に乗り換えるのだろうかと考える。

　でも、すぐに否定した。確かにゲラシムは女遊びをしていたようだが、宮廷で行われるそれらのことは火遊びでもないのだ。特に王位継承権の上位者は大目に見られている。

　それに、ゲラシムは決して横暴な支配者ではない。

「どうした」

　いつのまにか、また彼に見入ってしまっていたらしく、ゲラシムに声をかけられて我に返る。

「……お召し物が、お似合いになると、思って」

ゲラシムの眉がかすかに動く。なにかを言おうとしたようだったが、なにも言われないのでキリルは続けて話しかけた。

「今夜の演目は、殿下もお好きですか」

「甘すぎるロマンスだ。それに、母上の付き合いでもう何度も観た」

「それじゃあ、退屈かもしれませんね」

「おまえを見ているからいい」

「え？」

聞き返してから、呆けたような受け答えをみっともなく感じた。ゲラシムの視線も馬車の外へと逸れていき、キリルは興を削いでしまった気分になる。

「もっと退屈だと思います……けど。少しは目新しく感じられると……」

「なにも、ボックスでよからぬことをしようというわけじゃない」

「そんな……ことは……」

考えた。そう言われたと思ったのは勘違いだったらしい。馬車の中に、また沈黙が流れた。

恥ずかしさに頬が熱くなり、キリルはそっと息を吐いた。

歌劇の内容は、確かに女性好みのロマンスを主軸としていたが、ところどころ差し挟まれている風刺はかなり強烈なものだった。大衆受けする演目が好まれる夏の野外劇場では観ることのできない大人向けの物語だ。

「おもしろいか」

終盤に差し掛かり、ゲラシムに耳打ちされる。

「この風刺は原作にあるものですか」

「どうしてだ」

「物語の時代設定に合わせてあるように見えますが、かなり現代的だと思います。でも、カザンノフの社会問題でもなさそうですね」

考え始めると夢中になるのは学者の悪い癖だ。自分のくちびるを指先でなぞったキリルは舞台を見つめた。

「おまえは不思議な男だな。きれいな顔をしているくせに、頭の中はまるで小さな研究室のようだ」

「それは褒めていませんよ」

さらりと答えてから、相手はフェドートじゃないと思い出す。

「すみません」

慌てて振り向くと、手を握られた。

「舞台を見ていろ」

するっと離れる手を思わず追いかけそうになったが、ぐっとこらえる。そこから物語は急展開した。畳み掛けるように人々が不幸になり、それを蹴散らすようにして主人公だけが幸福に向かって猛進していく。

手に入るのか、それとも、主人公もまた不幸へと突き落とされるのか。

情感に訴えるような悲痛な独唱が劇場内に響き、両手を握りしめたキリルは破滅的な終わりを覚悟する。人々の不幸を嘆き、わが身の不運を呪い、主人公は胸の内を切々と訴えてくる。

しかし、そこで新たな楽器が響いた。ふたつのメロディが絡み合い、不協和音をさえ響かせて曲調が変わる。主人公を捨てたはずの恋人が現れ、物語はすっきりと幸福に幕をおろした。

終わってみれば、それは確かにラブロマンスだった。でも、それだけでは片付けられない余韻がある。

「どうだった」

拍手が収まるのを待っていたゲラシムから声がかかる。

「なんと言うか……、複雑です。魅力的な物語だと思いますが、これはだれの目線で観るべきなのか……。おそらく、観客の性別によって感想も変わるような……」

女性はロマンスに酔い、男性は風刺にほくそ笑む。

「おまえはどの視点で観た。この歌劇は観る座席の種別によっても感想が異なると言われている。だから、私はボックスでしか鑑賞しない」

「どうして、ですか」

　視点を変えることで視野が広がると言いかけ、ゲラシムの視線に気づいた。

「……わざわざ下りていくことなら……そうですね」

　うなずくと、胸の奥がすっとした。大事なのは、想像することだ。

　貴族が平民になったとしても、得られるものは『平民の視点』でしかなく、もう貴族としての権力を行使することはできない。けれど、貴族として平民の視点を想像できれば、新しい政策を提案していくこともできる。

「殿下のおかげで、モヤモヤしたものがうまく消えました。さすが……」

　言い終わる前にゲラシムが立ち上がる。エラストは扉の外に控えている。慌てて追いかけたキリルは、ふいに腕を掴まれ、ボックス席の背後にかけられた布地の裏に連れ込まれる。

　あっという間もなく、くちびるを奪われた。

「んっ……」

　脇の下に腕を差し込まれ、両手が宙に浮く。

「ん、んっ……」

　突然のキスは何度も角度を変えて繰り返され、舌が絡まる頃にはキリルはつま先立ちになっていた。手をゲラシムの肩に投げ出す。

「あっ……はっ……」

やめてとは言えず、甘い舌先の動きに終わらないで欲しいと思う。閉じていた目を薄く開くと、そこにゲラシムの瞳がある。暗闇の中では緑の色が見えなかったが、凛々しさの中にある燃えるような欲情は伝わってくる。

ぴったりと合わさったくちびるの端から垂れていく唾液を、ゲラシムの舌に舐め取られた。

「んっ、殿下……ッ」

離れていく寂しさに耐え兼ね、ゲラシムの頬に手を添える。

くちびるを押し当てると柔らかく吸われた。

「ん、ぁ……ん……」

舌先が鳴らす水音に溺れそうになりながら、キリルは震える指先を精悍な頬に添わせる。

「キリル……」

片手をぎゅっと強く握られた。

「どうして、震えているんだ」

「……どうして、でしょう」

めいっぱいつま先立ちをして、指にくちびるをすべらせるゲラシムの瞳に答えを探す。

「おまえしか知らないことだ」

見つめ返され、本当にそうだろうかと思う。

「さっき、なにを言おうとした。さすが……アルファか」

　ゲラシムの指の関節がキリルの目元をなぞる。その手を片手で捕らえ、キリルもくちびるを寄せた。

「さすが、殿下だと……」

　目を閉じて続ける。

「あなただって、ひとりの」

　また最後までは言えなかった。言葉がくちびるに奪われる。

　でも今度はさっきほど激しく強引ではなかった。そっとついばまれ、そして食まれる。

　腰にぞくぞくと甘い痺れが走り、

「ぁ……やっ」

　キリルは初めて抵抗の声をあげた。からだをよじると、背中が壁に当たる。

「嫌なのか」

　相手の気持ちなど聞く必要もない高貴な男にまっすぐ見つめられ、キリルは喘ぐように息をした。握りしめていたゲラシムの指が絡んできて組み合わさる。

「ん……」

　寝台の上でなら、何度か指を絡めた。思い出すとからだが熱を持ち、キリルはせつなさに震える。

「して欲しかったんです……」

ささやくように声がこぼれていく。

「馬車……から、ずっと……。キスを、して、もらいたくて……」

自分でさえ気づかなかった本心が、涙になって視界を揺らす。

「泣くな」

頭を抱き寄せられ、慌てて胸を押し返す。

「服が……」

「どうでもいい」

でも、と続けたゲラシムの手が頬を拭い、目尻を優しく吸い上げられる。

「あ……」

洩れる吐息を塞がれ、キリルは目を閉じた。ゲラシムの逞しい首筋を撫で、爪先立つ。くちびるを離すのが名残惜しいばかりのキスだった。

涙が引いてから外へ出ると、

「帰り客も引いて、丁度よかったです」

誰に言うともなくエラストがつぶやく。ゲラシムから腕に掴まるように促されたキリルは恥ずかしさにうつむいた。

　でも、使用人の老女から言われた言葉を思い出し、背筋を伸ばし直して、顔を上げた。

「本日はトリフォン様もおいでだったようです」

　エラストが声をひそめ、ゲラシムは鼻で笑って答えた。

「また途中からだろう。初めから観るこらえ性もないとはな」

　通路を歩き、正面玄関へ降りる階段へ向かう。いざ階段を降りようとしたとき、

「トリフォン様です」

　背後に従っていたエラストが言った。ゲラシムが、キリルの手を押さえ、

「離れるな」

　短く言いながら階段を降りる。広い踊り場で男と話し込んでいた第一王子のトリフォンが侍従に耳打ちされて振り向いた。

　話し相手は離れて行ったが、女がひとりそばに残る。人目を引く妖艶な美女だ。強調された胸元から、柔らかな肉が溢れそうになっている。

「兄上もおいででしたか。知っていれば、幕間にご挨拶したのですが」

「おまえがひとりで来ると聞いたから、駆けつけたんだ。エスコートをしているとは珍しい」

　弟の相手を品定めに来たのだろう。王譲りの野性味のある目元がキリルを見た。

　男同士であっても、相手が年若ければ腕を貸してのエスコートは普通だ。

「母上の投薬を担当している薬学研究者です。兄上はいつも美しい方をお連れで羨ましい限りだ。先日の方は泣いておられるでしょうな」

「仕方あるまい。女が列を成しているんだ。平等にせねば」

トリフォンも見た目ならゲラシムに劣らない。涼やかさのある弟に比べ、年長の貫禄がついている。

だが、オメガであるキリルには、ふたりの違いがはっきりとわかった。トリフォンもアルファだが、その性質の濃さは比べるまでもない。もしもアルファとしての資質を色で見られるなら、ゲラシムは原色だが、トリフォンは水で薄めたような色だ。

「名前は」

トリフォンがふいに眉を跳ね上げ、じっくりとキリルを見た。いくら薄くてもアルファだ。オメガであることを見破られるかと思ったが、

「フェドート＝ウルリヒ教授の助手ですよ、兄上」

ゲラシムのからだに隠される。発情期の匂いはしていないはずだが、それでも不安になったのがわかったのだろう。

「教授との約束がありますので、今夜はこれで」

誘いをかけられる前にゲラシムはその場を辞した。キリルを舐めるように見るトリフォンの視線を感じたが、それもまたエラストが遮ってくれる。

「どうだった」

クロークから取って来たマントを着せ掛けられていたキリルは、トリフォンのアルファとしての資質を確認するためにわざと対面させられたのだと気づいた。

「アルファではあると思います」

ゲラシムはキリルの返事を聞きながら、エラストにマントのボタンを留めさせ、ハットと杖を受け取った。

身支度が整うと、待ち構えていた人々が、第二王子に別れの挨拶をしようと集まってくる。もちろん、押し合いになるようなことはない。

ゲラシムが歩くと道が空く。遠巻きに見ている貴族の娘たちはなんとかして視界に入ろうとしながら、結局は見つめることに夢中になって足を止める。

フェドートの妹たちの未来を見るようで、キリルは思わず笑ってしまった。それを振り向いたゲラシムに見られ、誤魔化すためにもう一度笑顔を浮かべた。

「なにを笑っていたんだ」

馬車の中で聞かれ、説明する。

「なるほど」

納得がいったとうなずいたゲラシムは動く馬車の中でサッと動いた。座っていた場所にハットと杖を置いたまま、キリルの隣にどさりと腰を落ち着ける。

「……殿下」

問いかけるより先にあご下を手のひらで支えられた。すっと顔を促され、目の前に影が差し込むのと同時にまぶたが閉じる。

くちびるは熱っぽく重なり、離れると弾むような息が互いへ吹きかかった。

「遠回りを命じるべきだったな」

手を握られ、抱き寄せられる。

「おまえからも、してくれ」

要求に応え、キリルはそっとくちづけた。それから胸元へとしなだれかかる。

「夜は長い……」

ゲラシムの声がキスの合間に聞こえ、キリルはかすかに笑った。

「いけません」

ふと見つめ、目元をゆるめた。

「フェドートを侮(あなど)っては……。ウルリヒ家の長兄は、家長よりも恐ろしいんですから」

「あれでか」

「ええ、あれで」

笑いながらのキスが繰り返され、やがて熱っぽく湿っていく。

ゲラシムの手が太ももを撫で始め、キリルはたまらずに喘いだ。

「ダメか」

「聞か、ないで……」

震えながらしがみつくと、マントの中に引き込まれた。額にくちびるが押し当てられる。

「発情期が来るまで、おまえも自分を慰めて過ごすのか」

ゲラシムが言わんとしていることが、ふわふわと夢心地になったキリルには伝わらない。ただからかわれているのだと思い、肌を火照らせてうなずく。

そして、研究室でかわされたゲラシムとフェドートのやりとりを思い浮かべる。

アルファの資質を説かれ、オメガの扱い方を考え直したのだろう。酷く扱って死なせては面倒だと思ったのかもしれない。それでもゲラシムから優しく扱われるのは嬉しくて、キリルはもっと抱き込まれようと身を寄せる。

嬉しいと思う自分の感情を否定したくない。そして、扱い方をゲラシム自身が考えてくれたのならいっそう胸が熱くなる。

アルファとしての支配本能ではないからだ。

「ん……」

肝心な場所に触れられるのを阻みながら、足の形を確かめるように這いまわる指に息を乱す。

内太ももを撫でさすられると、

「ん、くっ……」

思わずからだが跳ねてしまい、自分の口を両手で覆った。

「もう……」

急に恥ずかしくなり、身を離そうとしたが許されない。なおも足の内側を撫でられ、ついに指先がそこをかすめた。

「あ、ぁ……。だめ、です……」

爪の先が布地越しにかすかにかすっただけだ。それでもキリルは激しく首を振った。

「キスは」

「もう、キスも……」

ダメだと言う前に、またキスされる。

「んぅ……んんっ、ん」

粗相をすることはなかったが、ビクビクと全身が波立つ恥ずかしさにキリルは身を揉んだ。

ゲラシムの腕が、それを覆い隠すようにからだへ巻きつく。

「遠回りを命じればよかっただろう?」

いたずらっぽく笑うゲラシムの息遣いさえ、キリルの心には甘く切なかった。

＊＊＊

「なにをしておいでですか？」

研究室へ入ってくるなり、フェドートは迷惑そうに声をひそめた。

「視察だ」

イスに腰かけ、優雅に茶を飲むゲラシムは意地の悪い笑みを浮かべる。

「そろそろ迷惑です。ここはお茶を召し上がるためのテラスではありません。今週に入って何度目ですか。キリルの顔を見たいなら、窓の外からにしてください！」

「辛辣だな」

エラストを背に立たせたゲラシムがふっと笑う。フェドートがイラつくことを知っているからだ。キリルを見に来ていると言うよりは、フェドートへの嫌がらせのために思える。

視界の端に見たキリルはため息をつきながら近づき、フェドートの袖を摘まんで引く。

「いつも一杯飲まれたらお帰りになるじゃないですか」

思わず謝りそうになったのを飲み込んで言うと、フェドートからじっとりと見つめられた。

その視線がくるりとゲラシムへ戻る。

キリルは慌てた。こういうときのフェドートは必ず無理難題を言い出すのだ。自分の意に染まぬことを受け入れるときは、遠慮なく交換条件を突きつける性分だった。困り果てる教授たちも少なくない。

「キリル、あれだなー。あの本がないと困るなー」

わざとらしく声を張り上げた。

「え？　えぇ？」

首をひねったキリルは意図に気づいて目を丸くした。

「い、いけません。フェドート……ッ！」

「ごうつくばりな古本商が、価値もわからずに懐に抱えてる、あの薬学の古書！　なぁ、キリル。あれが欲しいなぁ」

「や、やめ……。殿下、真に受けないでください」

「なにもゲラシム殿下にお願いしているわけじゃない。以前見つけたときは横からかっさらわれただろう。こっちが手付金まで払ってたのに！」

思い出したのだろう。フェドートは眉尻を引きつらせた。

あれはキリルにとっても苦い思い出だ。百年前の薬草事典で、いまは絶滅した品種も多く載っている。横から強引に割り込んで手に入れた研究室の教授は、濡れ衣だと言ったまま本の所在そのものをまだ隠していた。

「今度は別の教授が交渉中だ。あれこれ接待してるって話だし、いっそ、キリルが接待を……」

イスを引く音がして、カップの乗ったソーサーを持ったままでゲラシムが立ち上がる。

「できもしないことを」

冷たく言い放った。ゲラシムを見たフェドートは苦い表情でキリルを振り向き、

「それはもちろん、おまえにそんなことはさせない。でも、この研究室にあったら嬉しいだろう？」

「それ、は……」

否定できない。喉から手が出るほど欲しいし、無理なら読ませてもらうだけでもいいぐらいだ。

「帰るぞ、エラスト」

ソーサーを渡したゲラシムがキリルを見る。否定しようと首を振ったが、すでに遅い。出ていくゲラシムを追いかけるエラストが、一瞬だけ振り向いてこれ見よがしにため息をついた。

扉がパタンと閉まり、キリルは額に手を押し当てた。

「……フェドート。なんてことを」

「持ってきてくれたなら支払いはする」

「受け取るとは思えません」

「いいじゃないか。どうせここは王立の施設だ」

「……そんな」

「欲しいじゃないか。あの本は」

「……あぁ」

頭を抱えたキリルはイスに崩れた。テーブルに突っ伏す。

「当たり前です。これを逃したら手に入るかどうか。……人のいい教授が手に入れてくれたらと願ってはいましたが」

「手に入ったら、複製して全研究室に配る」

「本気ですか……」

「反対するか?」

笑いかけられ、キリルは激しく首を振った。横からさらわれて隠された恨みは忘れていない。落胆したのはフェドートの研究室だけじゃないからだ。

「とりあえず、古本商の場所と書名をエラストに届けておこう」

上機嫌になったフェドートはいそいそと机に戻っていく。それを見送ったキリルはそっと肩をすくめた。

いい歳をして子どもっぽい。それがフェドートの妹や弟たちとそっくりだった。


翌日は昼から大雪になり、馬車も走らないかもしれないと研究所内に噂が走った。泊まりになっても、簡易寝台と食事は提供される。食事をするついでの情報交換に同席するのも悪くないと思いながら、本を抱えたキリルは併設されている図書館へ向かった。

借りていた本を司書に渡し、新しい資料を探しに行く。使用する人間の数に対してあきらかに大きすぎる施設だ。ほとんどが開架式の書棚に収まっていて、貴重な文献と王族に関する資料だけが鍵のかかる部屋で厳重に保管されていた。

古い紙の匂いが充満した書庫の窓辺に寄り、雪景色を見た。これでも王都は雪が少ない方だ。馬車を走らせる道には融雪の装置も付けられている。

しばらくぼんやりしてから、手元の本を開いた。印刷技術が進んだとは言え、文字を残していくのは難しい。だからこそ、手書き文字にも印刷文字にも愛(いと)しさを感じる。

そこに書き手の想いがじんわりと滲むようで、キリルは静かに文字を撫でた。

「読んでるのか。眺めてるのか。どっちだ」

物音ひとつさせずに近づかれ、キリルは思わず悲鳴を上げそうになった。その声が引っ込んだのは、立っているのがゲラシムだったからだ。

「おまえはこんなところでひとりになるな。叫んでも聞こえないぞ」

「気をつけます。どうなさいました」

窓辺から離れて、取り落とした本を拾い上げる。

「こんな日にお渡りになって……雪に巻かれたらどうするんですか」

「エラストがどうにかするさ」

ひとりで行動しているわけじゃないのだ。そうだったと思い出し、キリルは肩をすくめて笑った。その手からするりと本が抜かれ、代わりに大きな包みを渡された。布でぐるぐる巻きにされているが、ずっしりと重い。

「まさか……。昨日の今日ですよ」

「昨日のうちに取り寄せた」

「請求は研究室に」

「おまえへの贈り物だ」

伸びて来た手に頬を撫でられる。ゲラシムの髪が濡れているのを見ながら呆けたキリルは、本の方が第二王子よりも厳重に扱われていると気づいてまた笑う。

「油紙に包んだ上から毛皮で包んで、もう一度油紙を巻いた。湿ってもいないはずだ」

「どうりで記憶よりも大きいと思いました。感謝いたします。今日は泊まりになるかもしれないので、さっそく読みます」

「キリル」

ウキウキと浮かれたキリルはハッと息を飲んだ。慌ててうつむいたが、両手に抱えた本の重みに幸福感が募り、頬はすぐにゆるむ。

「おまえを喜ばせるには本が一番みたいだな」

「すみません。この本は特別で……、国内外の薬草が載っていますから、王妃様の祖国の……」

顔の前に影が差し、キリルは素直に目を向けた。くちびるが押し当てられる。

パッと頬が熱くなり、赤くなったのを見られたくなくて背を向けた。

「な、中身の、確認を……」

「図書館にも所蔵されていないんだな」

背中からするりと手が伸びて来て、紐をほどこうとしていた指を止められる。

「作られたのが、古いので……幻の、……現存が……」

指の間を何度もさすられ、キリルは喘ぐように息をした。自分がなにを説明しようとしているのかさえわからなくなる。

「それから……？」

「それだけ、です」

「じゃあ、駄賃をもらおう」

手が持ち上げられる。

「あっ……く……」

指の股から爪の先に向かって舌が這う。もう片方の手で首筋をさすられる。

「んっ……」

「私の指も舐めてくれ。冷えているだろう」

言われてみればそうだ。ひんやりとした肌触りの気持ちよさにばかり気を取られていた。手に取り直し、くちびるをすべらせる。

先端から指を口に含んだ。

「ダメだと言わないのか」

本を窓辺に置いたままからだを反転させられる。

窓辺の壁に追い込まれ、ゲラシムの腕が顔のそばに置かれた。

「こんなところではなさらないでしょう」

笑いかけた瞬間に戸惑った。

「なにを、なさらないと思ってるんだ……」

息がくちびるに当たると、それだけでキリルは震えた。ここしばらくはフェドートへの嫌がらせに来ていたゲラシムの顔を見ることができ、それだけで満足していたのだが、本心は別のところにあったと近づいてから気づかされる。

「歌劇の話は母上としたか」

「……はい。ついつい長話になってしまって、年輩の侍女に叱られました」

「誰のことか、聞かなくても想像がつく。災難だったな。……あの日はよく眠れたか」

耳元でささやかれ、キリルは静かにうなずいた。

「なにも、せずにか」

「……自宅に、戻ってから……思い出しました」

「私も思い出した。おまえのくちびる。舌先。それから、からだの震え」

恥ずかしさに首を振ると、顔を覗き込まれた。

「……お互いに同じことをしたんだろう?」

思い出して、記憶をなぞり、相手の熱さに焦れたのだ。

研究着の上から股間を押さえられたが、抵抗できずに見つめ返した。嫌がらなかったのは、言われたことが本当だからだ。

バスタブの中で想像したのはゲラシムの指だった。自分で内太ももを撫でて、ボックス席でのキスと馬車の中での抱擁を思い出した。

「あの日のおまえは正装がよく似合っていた」

くちびるを吸われ、研究着の長い裾が引き上げられる。下に着ているのは白いボタンシャツと厚手のズボンだ。ゲラシムは迷うこともなくキリルの股間を手で包んだ。

焦らされなかったことに安堵すると、顔を覗き込まれる。

「どっちのため息だ」

「え……」

答えを待たずにゲラシムの手が動き出し、キリルは目の前の上着へと額を預けた。

「んっ、ん……」

からだが押し戻され、またキスが始まる。今度は舌を絡める激しいもので、すぐにぴちゃぴちゃと濡れた音に包まれた。

恥ずかしいと思う余裕もないのは、ベルトを解かれ、下穿きの中に手を入れられたからだ。

「研究着が汚れるぞ」

乱暴にたくし上げられたそれを両手に抱えさせられ、キリルはようやく自分の状態に気づいた。だが、すでに昂ぶりはゲラシムの手の中にあり、グチャグチャと揉みしだかれている。

「ぁ……っ。こんな、ところで……」

図書館で及ぶ行為じゃない。そう思うことも快感になり、ゲラシムに握られた場所が脈を打つ。

「恥ずかしいだろう。雪が降っていて人通りがないとは言え、職場の窓辺だ」

「んっ……」

しごかれる刺激に、くちびるを噛む。

「おまえの顔を頻繁に見れば気が収まるかと思ったが、逆効果だった。真剣な顔が……」

「殿下……なにを」

「おまえがこうさせてるんだ。見てみろ」

言われて視線を向けると、ゲラシムが上着と揃いの布で作られたズボンをずらした。引きずり出されたそれはもう、先端を濡らすほどに焦れている。ゲラシムの手がこれ見よがしに根元から擦り上げる。

キリルの昂ぶりはやすやすと握り込まれるのに、ゲラシムのそれは根元から握っても先端が出る。

「研究着はもう脱いでいろ」

乱暴に押し上げられ、あっという間に脱がされる。それを遠くへ放り投げ、ゲラシムはキリルの手を掴んだ。自分のものを両手で握らせると、促すように手を添えたまま動かした。

男っぽい呻きがくちびるからこぼれるのを聞き、キリルはひそやかに喉を鳴らす。ゲラシムの苦しげな息遣いをキスで塞ぎたくなり、放っておかれている股間がピクピクと動く。

「どうだ。私のものは大きくなってるか、キリル」

壁に手をついたゲラシムの鼻先が首筋をなぞり、キリルはブルブルッと身を震わせた。

「……はい……」

小さな声で答え、手を動かす。

「あの夜から出さずに溜めて来たんだ」

「どうして……」

愚鈍な問いかけだと思いながら、キリルは息を詰まらせた。期待する自分の浅ましさにうつむくと、視線の先で性器が揺れた。先端に溢れて来た先走りがゲラシムの服を汚しそうで身をよじる。するとゲラシムの手が追って来た。

「あぁっ……」

待ち望んだ温かさに声が出る。

あいつぐらいだ」

「謝ることじゃない。入り口にエラストを立たせている。ここは音が響きそうだが、聞くのは

「こんな……発情期じゃ、ないのに」

「……性欲は誰にでもある」

「んっ、んっ……」

激しく揉まれ、キリルは息を乱した。与えられる快感でからだが震え、両手はゲラシムのものを掴む以上のことができなくなる。それを訴えると、先端を擦られた。

「で、出て……出て、しま……ます……ッ」

はぁはぁと激しく息をしながら、キリルは首を振った。

「このくびれが、おまえのいいところだ。小さくても感度がいい……」

指の輪でささやかな段差を刺激されると、キリルは極まってしまう。自分でさえしたことのないいやらしい動きに促され、小さく悲鳴をあげた。

「ひぁ、あ、あぅ……」

精巣に溜まった精液が出口を求めてせり上がる。量は少ないが勢いよく飛び出し、先端を包んだゲラシムの手を濡らす。

「……あっ」

「ごめ……なさ……」

慌ててハンカチを出したが、それは窓辺の本の上に置かれる。

「壁に手をついて、尻を向けろ」

キリルは言われるままに従った。自分だけが達して終わりになるはずがない。だが、口での処理を求められると思っていたから意外だった。

もちろん、ゲラシムにとってはどちらも気持ちのいい行為だろうが、後ろはほぐす手間がある。

「発情期以外で手淫されたのも初めてか」

「……はい」

「もちろん、これもそうだな」

尻の割れ目をぐいと開かれ、濡れた手のひらをべったりと押しつけられる。キリルが出したばかりの精液だ。そのまま、指がすぼまりを撫でた。

「……っ」

腰が引かれ、体勢が少し下がる。尻をさらに突き出す格好になったが、恥じらうよりも先に指が差し込まれた。

「もう、濡れてるな……」

「うっ……」

浅い場所を行き来していた指は、内壁をぐるりと撫でながら、さらに奥へ進む。

「きつそうだ」

「指が、熱くて……っ」

「もっと熱いものを入れてやる」

言われて腰が揺れる。

「もう少し……。これじゃ、こっちがちぎられる」

ゲラシムの指は性急にキリルの内壁を擦り上げた。

「呼吸は覚えているだろ。息を吐いて、合わせろ」

「んっ、はぁっ……ぁっ、はっ、ぁ……」

「そうだ。ほどけてきた……」

「はっ……ぁ、んっ」

指先がこりっとした膨らみをかすめ、キリルの前がまた息づく。

「んっ、んっ」

いつのまにか挿入されている指が増え、中を掻き回されて愛液が溢れてくる。指の動きがぬるぬると卑猥になり、キリルは自分の腕に顔を押しつけた。

声をこらえたかったが、息を詰めると苦しくなる。

「行くぞ」

太いゲラシムの指に喘がされ、もう我慢ができなくなっていたキリルは、自分の性をまざまざと思い知る。

男が欲しいのだ。教え込まれた快感は、発情期を待たずに現れる。太い熱の塊でこじ開けられることに期待を抱き、まぶたを強く閉じた。

その瞬間の衝撃に備え、声を出さないように努める。

「ん、ん、んっーっ。あ、あぁっ！　あ、あっ」

太い亀頭がすぼまりを押し開き、ずぶりと中へ入る。そのまま奥まで犯された。息を殺したゲラシムも耐えただろうが、発情期じゃないからだを貫かれたキリルの衝撃は破瓜のときと同じぐらい大きかった。

「あっ。ひぁっ」

息が整わず、声が喉でひっくり返る。

「キリル……っ」

崩れ落ちそうになった腰をゲラシムに抱き止められ、膝をガクガクと震わせながら、片手で壁にすがる。それでも耐え切れず、ふたりして膝をついた。

「うっ……あッ、あぁっ」

腰を奥へ進めたまま、ゲラシムはまだ少しも動いていない。

それでもダメだった。ここが図書館だということを忘れそうになり、キリルは髪を振り乱しながら壁にすがる。

そうやってこらえようとするのに、悶える自分の動きによってゲラシムのずっしりとした熱と内壁がこすれて感じてしまう。

「うご、かない……でッ」

抜こうとする気配を感じ、キリルは壁に爪を立てる。

「抜かないで……。あっ、あっ」

キリルの濡れた肉に包まれたゲラシムが脈を打ち、ふたりはそれぞれの快感に翻弄されて息を押し殺す。動きたいのを我慢するゲラシムの息遣いがキリルに覆いかぶさり、おもむろに抱きしめられる。

「あぁっ……ッ！」

出したばかりのキリルの先端から体液が溢れ、壁を汚して床を濡らす。

「ん、くぅ……」

「声を出せ」

息を止めてこらえるのを見透かされる。

「んん、んんっ」

首を振って拒んだが、

「人払いはしたと言っただろう。おまえはっ……」

吐き捨てるように言ったゲラシムの指が胸を這った。

Premium News

COMICS&NOVELS INFORMATION

2017.7

郵便はがき

170-0013

STAMP
HERE

東京都豊島区東池袋3-22-17
東池袋セントラルプレイス5F
(株)フロンティアワークス

編集部行

ダリア文庫愛読者

〒□□□-□□□□
住所
都 道
府 県

電話
( )

ふりがな
名前

職業
a.学生(小・中・高・大・専門)
b.社会人 c.その他( )

購入方法
a.書店
c.その

この本のタイトル

ご記入頂きました項目は、今後の出版企画の参考のため使用させて頂きま

★好きな
A.学園
G.鬼畜
J.その

★好きなシ
A.複数
G.その他

★この本の
(感想などは雑誌
A.面白か

ダリア文庫 愛読者アンケート

★この本を何で知りましたか？
A.雑誌広告を見て(誌名)
B.書店で見て C.友人に聞いて
D.HPで見て(サイト名)
E.その他 ( )

★この本を買った理由は何ですか？(複数回答OK)
A.小説家のファンだから B.イラストレーターのファンだから
C.好きなシリーズだから D.表紙に惹かれて
E.あらすじを読んで
F.その他 ( )

バーデザインについて、どう感じましたか？
A.良い B.普通 C.悪い (ご意見)

! あなたのイチオシの作家さんは？(商業、非商業問いません)
説家 ●どういう傾向の作品を書いてほしいですか？

ストレーター ●どういう傾向の作品を描いてほしいですか？

ジャンルはどれですか？(複数回答OK)
園 B.サラリーマン C.血縁関係 D.年下攻め E.誘い受け F.年の差
系 H.切ない系 I.職業もの(職業：)
他( )

チュエーションは？
B.モブ C.オモチャ D.媚薬 E.調教 F.SM
( )

ご感想・編集部に対するご意見をご記入下さい。
・HPに掲載させて頂く場合がございます)
った B.普通 C.期待した内容ではなかった

ご協力ありがとうございました。

「あぁ！　ダメっ……！」

胸の前で交差した手のひらが平たい胸を撫で回し、ぷくりと立ち上がった乳首を見つけ出す。

「あ、あんっ……あん、んっ、ぁ！」

溢れた声はもう止められなかった。挿入の衝撃がようやく収まり始めたからだを後ろから揺すられ、逃げようとすると抜けかけた性器に追われて、また貫かれる。

そのうち、キリルにはわからなくなった。逃げようとしているのに、からだは押し込まれる快感によじれる。ゲラシムをねっとりと包み、狭まる肉を押し開かれて嬌声が溢れた。

「あぁ、あぁっ！」

「……処女と、変わらな……くっ」

ゲラシムが上半身を起こし、両手で腰を掴んだ。

「ん、くっ……。キリル、気持ちいいならそう言え」

「……はぅ、ぁ……いい、ですっ……きもち、いいっ」

でも発情期の性交とは違い、いくら突き上げられても子宮口に当たらなかった。だからゲラシムも快感を問うてくるのだ。

「あっ、あっ……もう、もうっ……耐えられな……」

目の前がゆらゆらと揺らめき、押し寄せる快感に足元がすくわれる。いくら人払いをしていても、ここでこれ以上は犯されたくなかった。

「終わ、って……さ……いっ。出して……っ」

もうすでに始まっている激しい抜き差しに翻弄され、キリルは懇願した。

「おかし、く……なっ、ちゃ……」

膝立ちでキリルを責めるゲラシムの指が、さらに強く腰骨を掴み、ずんっと奥を突いた。

「うっ、う……」

キリルはガチガチと歯を鳴らし、また力の入らなくなったからだを壁に預けた。

ぐぐっと内側から圧がかかり、まるでポンプで押し出されたかのような大量の液体が、ゲラシムの昂ぶりを通ってキリルのからだへ注がれる。

土を塗った壁へ頬を押し当てると、荒く息を繰り返すゲラシムの手が顔との間に差し込まれた。

ぶるっと震える逞しい腰は、たっぷりと溜めこんだ精液をいつもより時間を掛けて出し切る。楔（くさび）がずるりと動くと、開いた肉の溝に沿って白濁した体液が溢れ出た。

「んっ」

それさえ快感に感じてしまうキリルは身をずらした。力なく横たわろうとしたからだが男の腕に抱き起こされる。

「汚れ、ます……」

「黙っていろ」

ぶっきらぼうに叱られたが、抱え直す腕は優しい。組んだ足の上に引きあげられ、仕立てのいい上着の肩にこめかみが触れた。

「発情期と別物だとは思わなかった。知っていれば、こんなところでは抱かなかったぞ」

「……」

そうですねと言いたかったが、からだが重くて口も開けない。

だからおとなしく目を閉じる。ゲラシムの胸に身を任せ、まだ整い切らない息が落ち着くのを待った。

「しばらく寝ていろ」

ゲラシムに言われ、キリルは薄く目を開いた。呼吸を整えているうちにうたた寝を始めてしまったらしい。

キリルの衣服は整えられ、ゲラシムと一緒になって毛布にくるまっていた。

「おまえは温かい」

書棚に背中を預けているゲラシムも目を閉じる。

視界の端から現れたエラストは、くちびるの前に指を立ててキリルを黙らせ、早く寝たふりをしろと言いたげに手を振った。

逞しい男の胸にからだを預け、キリルはこっそりとゲラシムを見上げた。身に余る幸福だと思い、こみ上げてくる涙をこらえて目を閉じる。すると、今度はゲラシムが目を開いたらしかった。

「夢を見てるのか」

目元を指に拭われ、キリルはからだの力を抜く。この優しさに理由を求めてはいけないのだと、自分自身へのひそやかな戒めを繰り返す。

ゲラシムは王子であり、アルファであり、いつか誰かと幸せになる人だ。誤解をしてはいけない。

そう思いながらも、ゲラシムの力強い腕に抱き直され、キリルの胸は激しく痛む。

いままで知らなかった想いは、心を切り裂くほどに苦しい、だからこそ甘美だ。

ゲラシムがアルファだからじゃない。めくるめく快感のせいでもない。オメガに対する支配欲の隅に、ほんの瞬間だけ見える包容力はゲラシムのひととなりだ。

たとえ胸の奥底に野心を秘めていても、やはり噂通りの人格者に違いない。

ゲラシムの口元がキリルの髪に押し当てられる。寝息のように穏やかな息遣いを感じ、キリルはひっそりと眠ったふりを続けた。

初めて人を好きになった苦しさに、心は狂おしく酔いしれていた。


その夜はやはり泊まりになってしまい、遅くまで別の研究室の研究員たちと語り明かすフェ

ドートに付き合った。その後で研究室へ送られる。

部屋から出ていく間際のフェドートから、内鍵をかけるようにと注意されてうなずくと、

「本を持って来られたのは、ゲラシム様だろう」

いきなり核心に迫られた。

視線をそらしたキリルは物憂く首を縦に振る。図書館で抱かれてしまったことは知られたくなかったが、言ったも同然だ。場所はともかく、交渉を持ったことは悟られた。

「……好きなのか」

感情を押し殺した声で確認される。

「はい」

「迷わないんだな」

ため息をついたフェドートは髪をまとめた紐をはずした。頭を振って髪を掻き乱す。

「キリル。好きになってもいい。だけど、あきらめも一緒についてくる相手だ」

はっきりと言われ、フェドートは違う答えを確信していたのだと気づいた。ゲラシムを知ることで心が離れると思ったからこそ、想いの在処(ありか)を知れとけしかけて来たのだ。

それはフェドートが第二王子として不遜(ふそん)に振る舞うゲラシムしか知らないからだ。人格者の仮面をかぶった野心家。それが本当の姿だと思っている。

「どこがいいんだ。偉そうだし、傲慢(ごうまん)だし、確かに立派な方だが……。アルファの資質がそう

させ……」

じっと見つめるキリルの視線に気づき、フェドートの顔が歪む。

「本質を見たか」

「……物事の本質を見極めるのが、薬術学者の生業ですから……」

「わたしにはまったく見えないけどな！」

苛立った足先で床を叩く。

「誰にでも見えたら困ります」

「君がきれいで魅力的なことは誰から見てもあきらかだ」

「それは本質じゃないでしょう。ゲラシム様だって、凛々しくて聡明で……人格者。人はそう言うはずです」

「本当は兄の失脚を望む策略家だ。それがあの方の本質だろう」

「……フェドート。もしもこの想いがオメガゆえのものなら、僕は、この宿命だって心から喜ばしく思う……」

「キリル」

極論だと言いたいのだろう。否定しようとするフェドートに対して静かに首を振った。

「気持ちが報われるなんて考えてもいません。でも、あの方は僕に、母君を預けてくださっている。もしもオメガを下等だと差別するなら、そんなことは絶対にしない。たとえ、フェドートの助手だとしても。……だから、もうそれだけでいいんです」

「わたしだって、君を優秀だと認めている。……ダメだ。ゲラシム様に恋をするなんて……。そんなことぐらいで、心を引き渡すなんて、そんなこと……」

ふらりと踏み出したフェドートは、キリルの腕を強く掴む。

まっすぐに見つめられ、追い込まれていく。そこにあるのは欲情よりもなお強い独占欲だ。

「あなたは兄のような人だ。……この恋が淡雪のようなものでも、あなたがいるから、僕は壊れずにいられると……」

言い切る前に抱きしめられる。

「フェドート」

驚きはしなかった。もがきながら押し返すと、両腕を掴んで揺さぶられる。

「そのときにわたしのものになるなら、いまでもいいだろう！　父なら説得する。君がわたしを選んでくれれば、選んでくれさえしたなら！」

フェドートが必死の表情で繰り返す。だが、キリルは首を振った。

「こんなに長くいて、それでも恋にはならなかったのに」

くちびるを引き結ぶと、フェドートはいままで見せたことがないほど落胆した。

顔が青ざめ、キリルの腕を掴んだ指が震える。

「何度だって抱こうと思った。……抱きたかった」

「ごめんなさい。……つらい想いを」

　それはオメガのフェロモンにあてられたせいだ。キリルはそう思ったが、フェドートは不満げに眉をひそめた。

「君はもっと利口だろうと思った。恋なんて愚かなものに落ちはしないと！　だけど、もっと愚かなのはわたしだ。なにを一番に恐れると思う……。君が瑕疵性のオメガになることじゃない。精神を病むことでもない」

　フェドートが顔を背けた。窓を睨みつける目が揺らぐ。

「君がやっと見つけた恋が、初めから消えるとわかっていることだ」

　額を手で押さえ、肩を震わせる。

「どうにかして、あの人に頼み込めないかと、そればかり考える。嘘をつき続けてくれたら、君は……一生、失恋しない。誰と結婚しても、君と『つがい』になっていてくれれば」

　涙声はときどき途切れ、フェドートはカーテンが開いたままの窓に近づく。

「それが君の幸せなのか。それがわからない……。わたしが決めることでもないんだろう」

「それは僕にもまだわからない。いつ飽きられるか、それだってわからないのに」

「キリル。君は自分が思う以上に、人間として魅力的だ。それはきっと、君が知ったあの人の本質と同じことだ。……認める。認めるさ！　君の恋を！　愚かな男の恋を！」

　両手を振り回し、フェドートはがぁがぁと吠えるように繰り返す。青かった顔色が上気して、今度は真っ赤に変わる。

「わたしは昇り詰めるぞ！」

苛立ちまぎれに叫んだ。

「主席教授になってやる！　父さんのように陛下にだって説教をしてやる！」

「……ほどほどに」

キリルは目を細めた。

人らしく恋ができるのは、ウルリヒ教授とフェドートが守ってきてくれたからだ。貞操だけじゃない。誰かを恋しいと思える心の素地だって、ふたりがいなければ育たなかった。

本当ならば見ず知らずの男たちにからだをもてあそばれて死ぬだけのオメガの人生だ。それがキリルにとっては耳学問でしかない。兄にいたぶられ、父に辱められそうにはなったが、ウルリヒ教授に救われて、フェドートに大切にされて、人の優しさもじゅうぶんに教えられた。

窓辺に立ち、目を据わらせたフェドートが息をつく。

「ただし、君にもしものことがあったら報復に出る。その上でふたりで山小屋にこもる。雪だ……。雪山の」

「フェドート。願望が洩れてますよ。それに、王族を傷つければ謀反罪に問われます。……やめてくださいね」

「どうして！」

「僕もあなたの弟妹も、路頭に迷います」

　優秀な教授だからこそ、フェドートはときどき視野が偏狭的になる。冷静なキリルの言葉に押し黙り、不本意そうに眉をしかめた。

「……よく考える。あいつらと飲んでくるから、戸締まりを忘れずに！　しっかり寝て、からだを労りなさい」

　びしっと指を立てたフェドートは怒ったように出ていく。それから『戸締まり！』と扉の向こうで叫んだ。

　キリルは慌てて扉へ近づき、内鍵をかけた。まだしばらくはそこにフェドートが立っているような気がして、扉に手のひらを押し当てる。

　兄よりも兄らしい人だ。いつも、守ってくれた。

　ウルリヒ家へ身を寄せたときも、研究所へ学徒として入ったときも。後ろ指を差されたときだって、勉学につまずいたときだって、フェドートはそばにいて、手を差し伸べてくれた。そういう『人の優しさ』を知っているからこそ、キリルは人を好きになれたのだ。

「ありがとうございます……。これからも、どうぞ……よろしくお願いします」

　扉に額を押し当てると、飲む前から荒れているフェドートの怒鳴り声が、廊下に響きながら遠のいて行った。

【4】

白く染め上げられたカザンノフの王宮に、きらきらと眩しい日差しが降り注ぐ。

久しぶりの晴れ間の中、キリルは王妃の元を訪れた。

まだ投薬を始めて間もないので、主だった変化は見えない。簡単な診察を済ませると、隣の部屋で果物茶を振る舞われた。

さまざま種類の乾燥果物を配合して煮出す飲み物だ。王妃の祖国では広く愛飲されている。

カップに注がれた真っ赤な液体へ、侍女が手際よく蜂蜜を垂らした。

王妃と一緒に投薬を進めることにした侍女の方は、思いのほか薬との相性が良く、顔色が目に見えて変わり、爪の色もきれいだ。なにより、表情が朗らかになった。

「雪の季節が始まってしまったわね」

物静かな声で言った王妃のカップには、蜂蜜ではなく花びらの砂糖漬けが入っている。

ふっくらとした頬がどこか少女めいて見える美貌は、年齢に比べて若々しい。だが、物憂げな目元は青白く、ときどき遠くを見るような頼りない表情を浮かべる。なにか気鬱があるのだろうと思うが、キリルには深く立ち入る権利がなかった。

ゲラシムと観た歌劇の感想を告げたことがきっかけで始まった、診察後の振る舞い茶も三回目。侍女への投薬が効き、王妃からの信頼は得られたらしく良好な関係だ。

「ゲラシムが研究室へ通っているようですけど、迷惑ではなくて？」

「それほど頻繁ではありませんから」

図書館での一件があってから足が遠のいている。来週あたりにはキリルに発情期が来るので、募る性欲も一度は落ち着いたのだろう。

フェドートはからだ目当てで通ってきていたのだと、いっそう不満げで今日も機嫌が悪かった。

「そちらに伺って、あの子はなにをしているの？　薬学には興味はないはずだけど」

「そうでしょうか。よく学ばれていると思います。王妃様への投薬プランについては、独自に検証もされたようですから」

「……まぁ、それはあなたに失礼だわ。王立薬学術研究所の教授からお墨付きを得ているなら、なにを心配することもないというのに。主席教授からも優秀だと伺ったわ。からだが弱いそうね」

「お恥ずかしい限りです」

「真面目過ぎるのよ」

ふふっと笑い、小さな焼き菓子を指に摘まんだ。

「あなた自身も投薬をしているのだから、お休みのときには遠慮なく、他の者に問診を頼むといいわ。月に一度、集中的に投薬をしているそうね。次はいつ？」

その投薬のきつさで寝込んでしまうということにしたのは、フェドートだ。それを疑われたことはない。

「来週末の予定です」

キリルが答えると、王妃は小首を傾げた。

「珍しい病なんですってね。それでも効き目のある薬が見つかっているならなによりだわ。まだ若いのだから、大事になさい」

「ありがとうございます。心に刻ませていただきます」

「おおげさだわ」

肩を揺すって笑った王妃を、侍女がちらりと見る。その横顔に安堵が広がるのをキリルは不思議な気分で眺めた。

王妃が気づく前に視線をそらした侍女は、王妃の肩掛けがずれているのを几帳面に直す。その仕草には見ている方が微笑んでしまうような敬愛の心が溢れていた。

王妃の人柄ゆえだと思うと、その血を受け継いでいるゲラシムの求心力は、母親譲りでもある。この侍女がゲラシムの身の回りの世話を担当しても同じように手厚く尽くすに違いない。

きっと、心から慕う。

思った瞬間、キリルの心は軋んだ。

男として愛されるゲラシムが、相手に情を与えると考えただけで苦しくなる。いつか、ゲラシムも、自分で選んだ相手を心から愛する日が来るのだ。

そのとき、自分はいったいどうなっているのだろうか。『つがい』として性欲処理のために飼われているのか。それもまた、目新しいオメガが見つかれば、あっさりとすげ替えられてしまう程度のことなのかもしれない。

笑顔を取り繕って王妃との会話をこなし、キリルはほどほどの時間で部屋を出た。ひんやりとした廊下を足早に歩く。

物思いに囚われる自分の弱さが胸の奥に迫ると、走り出したいような焦燥感を覚えたが、それに逆らって窓辺へ寄った。二重ガラスに手を押し当て、このまま雪を溶かしてしまいそうな太陽の光を見つめる。しかし、雪が溶けることはない。

また何日も太陽の光は雪雲に閉ざされるのだ。

ほんの一瞬の幸福。それがゲラシムとのいまなら、雪に埋もれるとわかっていても溺れていたかった。

愛されなくてもいい。発情期の熱に浮かされただけの幻でいい。

アルファから人格を認められるだけでも、だいそれたことだ。

それだけを幸福に感じて繋がり、熱い欲望を受けて果てたい。

窓の外に広がる庭には、冬を彩る雪像の芯が並び始めていた。太い木材で作られたそれは、やがて自然の風雪によってさまざまな造形を生みだし、天然の雪像となっていく。

ゲラシムのことを考えながら、キリルは熱くけだるい視線をそらす。

宮殿で迷ってしまったときのことを思い出した。ゲラシムと偶然に会ったのは、トリフォンの居室がある区画だ。

兄から出された飲食物を警戒し、別れてすぐに吐き出していたゲラシムは、自分の命が狙われていることを知っていた。それはつまり、兄から見ても出来過ぎた弟だということだろう。

速効性の薬物は足がつきやすい。だから、遅効性の薬物で体調を崩させていくということは、想像のつきやすい手段だ。

でも、他にも手はある。トリフォンとの接触が少ないことを考えると、毒物の投与は健康を害する目的ではなく、なにが有効かを見極めるための手段なのかもしれない。

背中にひやっとしたものが流れ、キリルは自分のからだを強く抱きしめた。大事なのは自衛だ。

ゲラシムのからだがどの薬物に弱いのかを敵よりも早く見極め、有効性の高いと思われる解毒薬を用意しておく必要がある。

頭の中がキリキリと引き締まり、身の内に溢れそうになっていた性欲が引いて行く。

「キリル様。まだこちらにおいででしたか」

息を切らした女の声に振り返ると、王妃の侍女が駆け寄ってくるところだった。

「これを、どうぞ」

差し出されたのは小さな布包みだ。

「焼き菓子と果実茶です。研究の休憩時にお召しあがりください」

「わざわざ、どうもありがとう」

「いえ……お礼を申し上げるのはこちらの方です。王妃様があんなふうに笑われるのは久しぶりで……。先日、歌劇のお話をしてくださっていたでしょう。それまでは、劇場に行く気力もなかったんですが、思い直されたようで」

「それはよかった」

微笑みかけると、侍女の頬がさっと赤らんだ。

「わ、わたしの……ことまで、あ、ありがとうございます」

「投薬がよく効いたね。もしかしたら効き過ぎて、熱っぽくなるかもしれないから、変わったことがあったら研究室へ知らせてください。あなたには日々の仕事があるので、速効性を最優先したので」

「は、はい……」

うつむいた侍女の肩がかすかに震える。その肩にそっと手を乗せ、キリルは必要以上にそばへ寄った。

「あの……」

戸惑いがちな瞳と視線が合うまでじっと待つ。

自分の容姿と物憂い雰囲気が、若い女性にとっては眩しいほどの存在だと、キリルはもう知っていた。恋の対象にはならない、ただの鑑賞物としてだが、神秘的に見えるのだろう。

「王妃様の本当のお悩みを、君は知っているよね？」

静かな廊下は小さな声も響かせる。だから、キリルは顔を寄せて、できる限り声をひそめてささやいた。

「……それを共有したから、君は病んだ。違う？」

うつむいていた侍女がふっと身をそらす。両手を窓へと押し当ててすがりつき、吐き出した息でガラスを曇らせた。

空にはいつのまにか薄い雲が広がり、吹き始めた北風が厚い雪雲を連れて来る気配だ。

「ゲラシム様が……」

侍女はそのままずるずるとしゃがみ込む。キリルは彼女を介抱するように肩へ腕を回した。

「ここを追われます……」

侍女が小さな声で言う。

「争いを避けるため……王が……」

とぎれとぎれの言葉でも想像がつく。

成人してから確定された王位継承権の順位が変更されることはない。だから、ふたりの王子の争いで王宮の中が乱され、血が流れる前に引き離そうとしているのだ。

ゲラシムが追いやられる場所によっては、二番目の継承権を持ちながら幽閉と変わらない生活にもなりえる。いや、そうだからこそ王妃は病んだに違いない。

「しっかりしなさい」

キリルは彼女の肩を強い力で抱き寄せた。

王妃を敬愛する侍女がどちらの王子に肩入れしているかは、聞くまでもない。

「あの方ほど王位にふさわしい方はいない。王妃様にも、ご子息を信じるように助言なさい。あなたの言葉なら届きます」

肩掛けを優しく几帳面に直した侍女の指先を、王妃はそっと優しく撫で返した。まるで、包んで握り返すような仕草だ。

「……はい」

涙ぐんだ侍女は壁に手をあてて、ふらりと立ち上がる。そして、恥ずかしそうに身を引いた。

誰かにとってはたわいもない存在のひとりが、別の誰かにはすべてを預けられる、唯一の人間だということはあり得る。

そう思いながら侍女が去るのを見つめ、キリルはきびすを返した。

窓の外にはちらちらと粉雪が舞い始め、王宮を出て研究所へ戻るキリルの肩に降りかかる。

今日は天気が良かったのでマントを羽織らなかったが、冬が深まって行けば命取りになりかねない。反省しながら、足元に気を使って歩いた。

石畳はもうすっかりと隠れ、日差しで溶けた雪がビシャビシャと音を立てる。夜にはすっかり凍りつき、また新しい雪が重なっていくだろう。

研究所が見えてきたところで、向こうから歩いてくる男の姿に気づいた。絵に描いたような規律正しさを身に滲ませるのは、ゲラシムの侍従であるエラストだ。

キリルの顔を見ても愛想笑いのひとつもしない。でも、会釈に返される視線で、研究所を訪れた用件がキリルであることがわかった。

「話なら研究所で」

と言ったが、マントを羽織ったエラストは手のひらを見て首を振った。

「立ち話でじゅうぶんだ。すぐに済む」

そう言いながら、しばらく黙り込んだ。

足元から冷えていく中で、侍女から受け取った包みと問診票の包みを両手に抱えたキリルは戸惑った。以前のように蔑みの目は向けられなくなったが、友好な関係が築かれたわけでもない。

「あの、エラストさん……」

キリルが口を開くと、それが不満だと言いたげに眉根を寄せ、睨みつけてくる。そして言った。

「この冬の間だけでも王宮にあがってはどうだ。研究なら、あちらでもできる」

「それは……どういう」

「ゲラシム様のそばに侍るべきだ」

エラストの目がキリルを見据えた。

「この前のようなことが繰り返されると困るのは、そっちだけじゃない。第二王子ともあろう方が王立研究所での火遊びを繰り返されては、誰に足を引っ張られるか……」

だから、いつでも相手ができるように、冬を宮殿の中で過ごせと言っているのだ。すぐに返事ができるようなことではなかった。

「次の発情期は来週だろう。そのまま、ゲラシム様と行動を共にしてもらいたい。そうすれば、抑制薬を飲まずに済むし、あの方に対して取り乱すこともない」

この前の発情期のことを言っているのだ。暖炉の前で泣き崩れたキリルは自分の舌を噛もうとして、ゲラシムから頬をぶたれた。

「王妃様の……」

「そんなことは教授に任せておけばよい」

「そんなことって……、相手は王妃様ですよ」

「キリル。私が一番に思うのはゲラシム様だ。すでに子を生す仕事を終えた人ではない」

る。

驚くほどの暴言だったが、エラストは悪びれもせず、信念に従ったまっすぐな目を向けて来る。

「考え方を変えてみてはどうだ。あの人の慈悲深さに身を委ねればいいだけではないか。早く身ごもり、子を産めばいい。……それがアルファであれば……」

乳母をあてがい、キリルの代わりに、行儀見習いに通ってくる貴族の娘を産みの親に仕立てるとエラストは言った。

「アルファのための子を産む。それ以上の幸福なんてオメガにはないはずだ。しかも、おまえはゲラシム様のお目に止まった。いいな、そうしろ」

エラストの手が伸びて来て、腕をガシリと掴まれた。キリルは首を振って後ずさったが、真剣な目をしたエラストに距離を詰められる。

「……拒否権などあると思うな。優秀な頭はなにのためについている」

じっと見つめてくるエラストの目の奥は勝利を確信している。自分の思い通りになるという根拠は、キリルの恋心だ。

心はもう見透かされていた。

「おまえは、あの方を……」

恋い慕っていると口に出されかけて、手を振りほどいた。

「僕から仕事を取り上げないでください」

「その程度のことが、おまえの存在価値か。一冬だけのことだとしても、あの方のために侍ることが叶うんだぞ。来春になり、縁談の話が進めば、こんなことはもうできまい」

　飛び込んできた言葉に、キリルはぐらりと体勢を崩した。倒れ込む前に腕を引かれて支えられる。

「順番から言えばトリフォン様の縁談だが……。自分の縁談をゲラシム様に譲ると言い出された。それが宮廷の用意した策だ」

「臣下にくだられる……」

「そうだ」

　いまいましげに言ったエラストは舌打ちまでして、キリルの腕を離した。

　さっき侍女から聞いた話は本当だったのだ。王位継承の争いを避けるため、火種の元であるゲラシムは『譲られた結婚相手』を迎え入れるのではなく、向こうの家に入る形で王宮を出される。そうなれば継承権は抹消だ。

　現在、第三位の人間が二位に繰り上がるので、今後、トリフォンの身に何があっても、ゲラシムが王位に就くことはない。

「そこまでするなんて……」

　キリルは息を飲んだ。はらはらと大きな雪が降り始め、ふたりの周りが景色を失くす。エラストはため息をつき、そして思い直すようにまなじりを鋭くした。

「だが、おまえが『つがい』として囲われたならば、話は変わってくる。少なくとも一年は縁談を先延ばしにできるはずだ。その間に、トリフォン様を……」

「あなたは、自分がなにを言っているか、わかっているんですか」

雪の中だとは言え、偶然に通りかかる人間がいれば聞かれてしまう。だが、それほど切羽詰まっているのだ。

「トリフォン様にあてがわれるオメガはまだ見つかっていない。こちらに対抗して瑕疵性オメガで手を打ったとしても、瑕疵性は瑕疵性だ。傷もののオメガと半端なアルファなら、性欲に溺れて自滅もあり得る話だろう」

それもひとつの暗殺手段だ。

雪に包まれ、策略を巡らせるエラストの目は凶暴さを滲ませて爛々と輝いた。ゲラシムに仕掛けられている策略に心底から憤っているのだ。自分がトリフォンを斬り殺して済むなら、彼は迷うことなくそれをするだろう。

すべては、ゲラシムのためだ。

「ゲラシム様には今夜、お話しする。おまえは来週までに仕事に片をつけておけ。教授には言うなよ。面倒なことは御免だ」

「嘘をつけと言うんですか」

「嘘などつかなくてもいい。なにがあってもいいように書類をまとめておくだけだ」

キリルは押し黙った。発情期と共に姿を消し、あとのことはエラストが対処する。きっと、フェドートとは会えなくなるだろう。

次に会うときは、アルファに使い壊された瑕疵性オメガとして引き取られる。その覚悟がキリルの胸に押し迫った。

アルファに使われ、貸し腹のように子を生すのがオメガの一生だと信じて疑わないエラストは、

「元の運命に戻るだけだ」

雪と同じぐらいに冷たく言う。

そして。

「相手はあの方だ。これほどの幸福な運命はない」

無残な言葉を残して、その場を離れていく。それは、キリルの心を深く傷つけて沁み込んだ。

どんなに純粋に恋をしても、キリルはオメガだ。オメガの運命以外のものは与えられない。

それは摂理なのだろう。

そうは思っても、すぐにはその場を動けなかった。

想いが通じることを願いはしない。けれど、ゲラシムには人として寄り添いたかった。

それさえ、過ぎた願いなのだ。オメガだから、許されない。

ウルリヒ親子がたいせつに守ってくれた人間らしい生き方が音もなく崩れていく。キリルの

顔には涙もなかった。

ただ降り続く雪の中に立ち尽くし、白く染まる景色を眺め続けていた。

＊＊＊

ゲラシムと会ったのは、それから二日後だった。

フェドートが休みの日を狙ったのだろう。エラストも連れずにやってきて、話がしたいと言われた。内鍵を閉めるように命じられ、素直に従う。

その直後、背中から抱きすくめられた。

「んっ……」

突然のことに驚いて、息もままならないほど胸の奥が乱れた。せつなさに甘酸っぱい感傷が入り混じる。けれど、

「発情期が近いんだな……匂いが、する」

そう言われて、また性欲を満たしに来たのだと気づいた。

図書館で挑まれるよりはよかったが、声をこらえきれる自信がないことに思い至って身をよじらせた。

「……だから、そのときに……」

キリルが遠慮がちに断ると、ゲラシムの腕は思いのほかあっさりとほどける。アルファの魅力に押し流されないよう、慌てて窓際へ逃げた。

いまのうちにカーテンを閉じなければ、始まってからでは取り返しがつかない。指が布地に触れ、キリルは視線を伏せた。

今度の発情期の後は、もう戻ることもないのだと気づいたからだ。エラストは一冬だけと言ったが、『つがい』にされたら離れることは叶わなくなるだろう。

いっそ、噂にでもなれば、フェドートが新しい嘘を考える必要もなくなる。

「体調はどうだ。アルファの精を受けてからは、発情期前に体調が崩れることもあると聞いた」

ゲラシムが話しながら近づいてくる。

「発情期ではない期間も接触を持てば、少しは楽になるんだろう」

「そうなんですか。よくご存じですね」

「瑕疵性オメガから話を聞いた」

そう言われて心が痛くなり、思わず視線を向ける。胸に木枯らしが吹いたようにさびしい。

「話を聞いただけだ。なにもしてない」

ゲラシムが笑い、からかわれた気分でキリルはうつむいた。

窓の外では、降っている雪が風にあおられ、複雑に舞い上がっている。

「……私の元へ来ると聞いたが」

そう言われ、キリルは答えに迷った。自分の選んだことじゃないと突っぱねる強さはない。ゲラシムを否定する意味合いを含みたくないのだ。

「エラストが無理を言ったんだろう。おまえが仕事を途中で放棄するはずがない」

ゲラシムは窓の外を見ながら言い、振り向いたキリルの視線には気づかなかった。凛々しい横顔に浮かんだ表情は厳しかったが、王族のひとりとして生きる過酷さは微塵も感じられない。どこか寛容でおおらかだ。

「……あれきりでしたから、お気を悪くされたのかと思っていました」

図書館で抱かれ、そのまま眠ってしまったことだ。

時間的には長くなかったが、ずっと抱きしめていたゲラシムは疲れただろう。理性を取り戻してから平伏して謝罪したが、ゲラシムはなにも答えずにエラストに急かされて帰ってしまったのだ。

「あぁ……、あの日は夕食会があったからな。着替えの時間が迫っていたんだ」

ゲラシムの指が伸びてきて、キリルはびくりと身をすくませた。そっと髪を撫でられる。

「今夜は、母上と観劇に行く。やっと外出する気になってくれたようだ。おまえのおかげだ」

「え？　そんな……」

「母上へだけじゃなく、侍女にも気を配ってくれたんだろう」

「病は気の持ちようが第一ですから……。後はやはり一度、南へ遊行(ゆぎょう)された方が」

「父上が首を縦に振らないだろうな。王宮から出せば、逃げて戻らないと思っている」

自分の父親のことを軽やかに笑い飛ばしたゲラシムは、指の関節でキリルのこめかみから頬を撫でた。

「人の心というのは目に見えないものだからな。閉じ込めることが一番だと思うんだろう」

心の中を覗くように見つめられ、キリルは息を詰めた。自分のかすかな息遣いにさえゲラシムへの恋心が溢れてしまいそうで、浅ましさをひっそりと押し隠す。

「それで手に入る人の心などあるものだろうか」

ひとりごとのように言うゲラシムの顔が近づき、くちびるが押し当てられた。キリルは思わず後ずさる。

もう一度されるかと思ったが、ゲラシムはあっさりと身を引く。だから、キリルは追われることを期待した自分を持て余した。

「どうした」

ゲラシムに問われ、ひたりと頬に手が当たる。なにをされてもしなだれかかってしまいそうで、キリルはただひたすら直立することだけに意識を傾けた。

だが、離れていくゲラシムの腕に視線が吸い寄せられる。

建物の入り口でコートを預けて来たのだろう。服装は揃いの上下に、装飾を抑えたドレスシャツだ。その袖口から覗く肌に汚れが見えた。

「殿下。肌に……」

袖の下に手を添え、キリルは研究着の裾を引っ張って拭う。だが、右手首の内側に見えた汚れのようなものは取れず、よくよく見てみると薄青いあざのようだった。

「どこかにぶつけられましたか」

「さぁ、覚えはないが……。おそらくそうだろう。腕もときどき痺れが走る。おまえを抱いたときに痛めたのかもしれないな」

「それは……申し訳ありません。あの……自分でも、なにをしたのか、記憶が……」

ゲラシムの手を離し、キリルはドギマギと視線を揺らした。

「うっかり冗談も言えないな」

ゲラシムから陽気に笑われる。からかわれた恥ずかしさよりも、爽やかな笑顔の眩しさに、キリルは顔を真っ赤にしてうつむいた。

ゲラシムの望みはエラストの思惑とは逆のようだったが、はっきりと明言されたわけでもなく、結局はどちらでもいいのだとキリルは思った。

ほぼ万能に近いアルファにとってみれば、王位を奪うためにオメガを侍らせるなんて考えつきもしないことだ。そこにいれば性欲処理には使うが、求めることなんてありえない。

そこはやはりエラストがベータであり、慎重かつ平凡な人間だから考えつくことなのだろう。だからこそ、エラストが万事を整えてしまえば、ゲラシムが拒むこともないように思えた。寝台の上に、夜具がひとつ転がっている程度のことだからだ。

その考えを振り払おうと書類に向かっていたキリルは、じわっと高まる体温に気づいた。熱中していて見過ごしていたが、発情期の気配だ。

立ち上がって薬を飲むと、机に座っていたフェドートが顔を上げた。

「予定より早いな」

そう言われる。アルファと性交渉を持つことで発情期が不順になるのは、そう珍しいことではないらしいとフェドートもどこからともなく調べて来た。

「もう帰りなさい。あちらには本格的な症状が出てから赴けばいい」

しばらくは自宅でゆっくりしろと目で諭されたが、この発情期の後のことを思うと去りがたい。片付けるふりをしグズグズしていると、薬草管理庫に所属している研究所員がフェドートを訪ねて来た。

「教授の研究室で、これらの薬草をご使用になりましたか。記載漏れがあったようで数が合わないんですよ。いま、手分けして確認を取っているんですが」

「どれどれ？　うーん。これはまた、珍しいものが入ってるね」

「そうなんですよ。だから、今月の数合わせでようやくわかったんですが」

「これだけ貴重なものなら、わたしの承諾なく取りに行くことはないと思うが……、待ってくれ。キリル。君も見てくれ」

フェドートに呼ばれ、キリルは所員の持ってきた書類を受け取った。

「これらの薬草を使った薬の効能は覚えてるか？」

「これは……。滋養強壮ですが、かなり特殊ですね。先日いただいた古書に確か……」

そう言ったキリルは動きを止めた。

頭の中で何かが激しく動き回り、そして雷に打たれたようなひらめきが走る。記憶と知識が交錯し、快楽に似た感覚でからだが震えそうになる。大きく息を吸い込んだ。

書類を見直して、羅列された薬草を確かめてから書棚に駆け寄る。ゲラシムが手に入れてくれた古書の原本はウルリヒ家にあるが、一読したときに気になった箇所はすでに書き取り済みだ。

主にアルファとオメガに関する項目の内、いままでは伝承さえされていないものを書き抜いた。

「フェドート。これらの薬草は、つい最近抜き取られたと思います」

「抜き取られた？」

フェドートと所員が同時に首を傾げる。

キリルは保存しておいた書類を手にして机の前へ戻った。だが、そこに所員がいることを思い出し、フェドートに目配せをして人払いを頼む。

「すまないがね、君。この案件はしばらく、わたしの研究室で預からせてくれ。詳細を吟味してから報告へ行くと、管理長に伝えてもらえるか」

言いながら所員を追い返し、フェドートは内鍵をかけた。

「説明してくれ、キリル」

促され、大きく息を吸い込み直した。

「これを見てください。先日の古書から抜き書きしたものです。……昔は、アルファの純度を高める方法があったんです」

「……なるほど」

「ここに注意点がありますが、純度が高いアルファには副作用が現れるから使用を控えろとあります」

「副作用は？」

「動脈上に浮き出るあざと、手足の痺れです。ゲラシム様にも同じ症状がありました」

「考察の結果を端的に言ってみろ」

「兄が弟を実験台にしています」

薬草を盗んだのはトリフォンの息のかかったものだ。おそらく、古書を横取りした研究室の教授だろう。

「僕はすぐに連絡を……」

「待てっ！」

扉に走り寄ったキリルの前にフェドートが飛び出す。

「証拠を集めてからだ。このことを書類にしてから進言しなければ、揉み消されるぞ」

「ですが、死に至る可能性もあると書いてあるんです！　どうやって投薬させているかもわからないんですから、いますぐ行って口に入れるものをすべて……」

「命を取り留めれば、それでいいという話か」

肩を押しのけられ、一歩詰め寄られる。キリルはぐっと押し黙った。

「いまから秘密裏にエラストへ連絡を入れる。返事が来るまでの時間で、対症療法になり得る薬を書き出しておいてくれ。戻って来た返事の内容に合わせて調合しよう。彼が何事もないと突っぱねて来るなら、心配することもない」

「……様子を見ないと、安心できません」

「そのときは発情期が来たと言って、別宅で落ち合えばいい。わたしは連絡を取ってくるから、君は落ち着いて薬の書き出しをしておくんだよ。その薬になにが混ぜられてるか、よく考えるんだ」

そう言ってフェドートが出て行き、ふらふらと歩いたキリルは手近な机に手を置いたまましゃがみ込んだ。

血の気がさぁっと引いて行き、その場に尻をつく。浅い息を懸命に継ぎながら、いままで読んだ文献の中身を思い出す。オメガについては貪るように読んだが、アルファについてはそれほど多くない。

だが、手がかりを求めて、記憶を遡る。まるで枯葉の下にある木の実を探すように、積み重なった一枚一枚を手でのける。見逃せば、ゲラシムは助からない。

血液に混じった薬物は時間をかけて全身を巡る。それがどこに至るかは誰にもわからない。目が見えなくなることもあるし、言語機能に支障をきたすこともある。そのことについて、どこかで読んだと思った。

オメガについての文献だ。その禍々しさがいかにアルファを堕落させるかという悪意に満ちた論文の中に、粗悪なオメガとの性行為によって失明や言語障害が引き起こされると書かれていた。

そのときは悪意ある一説として受け流していたが、オメガとの性行為をいっそう楽しむためにアルファとしての資質を高める薬を飲んでいたとしたら。

キリルはすくりと立ち上がり、図書館へと一目散に駆けた。

めぼしいものをかき集めるように借りて来て、記憶を頼りに中身を確認する。その間にも涙がこみ上げて来て、一度は耐え切れずに崩れ落ちた。フェドートが帰って来たら見せられない姿だと思い、声を押し殺して泣いた。

ゲラシムを失うぐらいなら、捨てられて壊れる方がいい。そう願いながら、こぼれ落ちる涙を拳で拭い、気を取り直してイスに戻った。

読み流していた論文の中に『オメガ毒』という文字を見つけ、対症療法に使える薬草を確認している最中にフェドートが帰って来た。

事態は想像よりも悪い。ゲラシムはすでに起き上がれないほどになっていて、心配したエラストもまた、キリルたちに相談しようとしていたところだった。

王宮へ向かう途中で鉢合わせしたエラストから症状を確認したフェドートは、研究所にある水を飲ませるようにと助言していた。いまは、王宮の中のすべてのものがゲラシムの脅威だ。

ふたり掛かりで薬草の吟味と副作用の確認をして、調合率を計算してから丸薬の製作に取りかかる。完成までは息をつく暇さえなかった。窓の外では雪が激しくなり、やがて夜がやって来る。

そして、再び窓に目を向けたときには、夜の帳(とばり)がおりていた。ゆるやかな降雪の中で景色はほの明るく見える。

「キリル、行くぞ」

窓辺で振り返るフェドートの声に、キリルは両手で顔を覆った。

「これが、効かなかったら……」

からだがぶるぶると震える。考えたくもないが、考えなければならない。次の手を考えることも必要だ。それなのに恐怖で身が竦んで動けない。

ゲラシムの症状を自分で確かめることさえ恐ろしいからだ。

「それがアルファの運命だ」

あっさりと切り捨てたフェドートが、カツカツと踵を鳴らして近づいてくる。両手を乱暴に剥がされ、顔が覗き込まれる。

視線をそらした瞬間、頬に鋭く痛みが走った。パンッと手で張られ、キリルのからだが傾いだ。

「感傷で人が救えるか？　それぞれの運命だ。周りにいる人間は、見守ることしかできない。そうだろう」

叱責され、キリルは頬を拭って体勢を整えた。

研究着を脱ぎ、壁に掛けた上着を羽織った上からコートをまとう。

「行きます」

声はまだ震え、キリルは固くくちびるを引き結んだ。

【5】


積もったばかりの雪を踏み締めて王宮へ渡る。冬用の入り口ではエラストが苛立ちながら待っていた。表情はいつもの通りだったが、取り繕っている分だけ悲愴感が漂う。

フェドートとはそこで別れ、キリルだけがゲラシムの部屋へ案内された。暖炉に火の入った寝室は別宅以上に豪奢で暖かい。

窓には厚いカーテンが引かれ、明かりは最低限にまで少なくされていた。

「研究所でもらった水と借りた容器で白湯を飲んでいただいたが、昨日からの熱はまだ引かない」

人払いした部屋の中で、エラストが声をひそめる。背中を促されたキリルはよろめきながら寝台へ近づいた。天蓋の布はおろされ、枕元の一ヶ所だけがまくられて柱へと留められている。仰向けに横たわったゲラシムは、重ねた羽根枕に上半身を預けていた。目を閉じた顔の色は悪く、息遣いも荒い。呼びかけても返事はなかった。

「目を覚まされたのはいつですか」

「一時間ほど前だが、熱のせいなのか、意識が朦朧とされていて、こちらの呼びかけにはまるで応じられない。無理に水分をとらせたが、飲み込むこともできず……」

エラストの声が途切れ、キリルは振り向くことも遠慮した。

ゲラシムの容体は芳しくない。顔などの一目でわかるところにあざはないが、予断は許されない状況だ。

「殿下。ゲラシム殿下……」

枕元に用意された水差しを掴んだキリルは、寝台に乗り上がった。胸で息を繰り返すゲラシムの首の後ろに手を差し込んで呼びかけると、まぶたがわずかに痙攣(けいれん)し、どろりとして視点の定まらない緑の瞳が左右に揺れ動くのが見えた。

「キリルです。口移しで、投薬を行います」

そう声を掛けながら手早く丸薬を取り出す。まずはキリルが生ぬるい白湯を口に含み、指で開いたゲラシムのくちびるの間に指を差し込んだ。歯を開かせ、舌の位置を確認し、丸薬が気管へ落ちないように注意深く場所を選んだ。より確実に服薬できるように歯と頬の内側の間に挟み、それからくちびるを重ねる。口に含んだ白湯をゆっくりと少量ずつ送る。体温と水分で丸薬が溶けるのを待ちながら、むせないのを確認してまた少し口移しの白湯を流し込む。

「すぐに楽になります。すぐに」

そっと首筋に指を這わせたのは、投薬に必要のない行動だった。優しく労りたくて繰り返すと、ゲラシムのくちびるがわずかに開き、自分から水分を求めるような動きをする。

キリルははやる気持ちを必死に押し留め、束ねた髪が肩へ流れ落ちるのもそのままに白湯を口移しした。

すぐに離れようとしたが、ゲラシムの舌にくちびるを舐められて引き止められる。

光を求めるように揺れていた瞳が、一瞬だけ焦点を取り戻す。

そこにいるのがキリルだとわかったのか。喉がかすかに動き、薬の混ざった白湯を嚥下する。

キリルは何度も繰り返し白湯を飲ませ、薬が残っていないことを確かめるためだけに、ゲラシムの熱い口腔内を舌先でなぞった。丁寧なキスをするように歯列の表も裏もすべてを舐めると、離れようとした舌先にきゅっと吸いつかれる。朦朧とした意識の中での条件反射とわかっていても、キリルの感情は激しく乱れた。

からだを蝕む作用と戦う気力の表れなら、必ず回復すると思うからだ。

「お気を強く。殿下」

離れがたく、頬を撫でて声をかける。そして、エラストには聞こえない小さな声で、ゲラシムだけに訴えた。

「抱いていただきたいのです。ゲラシム殿下。あなただけが、僕の……」

それを決めるのはアルファであるゲラシムだと思う。オメガであるキリルは運命に流され、すべてを受け止めるだけの矮小な存在だ。

それでも、生まれて初めての恋はキリルが選んだものだから。

「『運命のつがい』だから……」

口にしただけで息が詰まり、溢れた涙がこぼれ落ちる。ゲラシムの頬を濡らした雫を慌てて拭うと、逞しいからだが突然に震え始めた。呻きにも似た声がくちびるから漏れ出し、エラストが走り寄ってくる。

「どういうことだ！」

肩をぐいと引かれたキリルは勢いに任せて後ろへ傾いだ。そのままバランスを崩して寝台から転げ落ちる。と、思ったが、腕を掴まれた。

「ゲラシム様！」

エラストの声がして、寝台の端に手をついたキリルも振り向く。キリルの腕を掴んでいたのはゲラシムだ。手はずるずると滑り、手首に引っかかるようにして止まった。

「……胸が、痛い」

ゲラシムが声を絞り出す。

まぶたを押し上げて周りをぐるりと見たが、それだけで疲れようにまた目を閉じる。

「胸が痛いとはどういうことだ」

エラストに詰め寄られたキリルは、ゲラシムから手首を掴まれたままで戸惑った。

「気付けの薬が効いただけです」

答えはしたが確証はない。

どんな経過をたどって回復に向かうかは定かじゃないからだ。ひとまず、毒と化した薬物の効能が薄まるのを期待し、症状の進行を防ぐのが目的の投薬だ。

「研究所へ戻って、この後の投薬について検討します」

言いながら手首に絡んだゲラシムの指をほどこうとしたが、はずした先から掴まれてしまい、なかなか思うようにいかない。

エラストからふざけていると思われる前になんとかしたかったが、焦れば焦るほどゲラシムの力は強くなる。

「殿下……」

戸惑ったキリルは、その手をぎゅっと押さえた。このまま、そばに寄り添っていたいと心から思う。

エラストを呼ぼうと振り向いたキリルは、扉を叩くせわしない音に驚いた。隣の部屋で控えていた侍女の声が響く。

「……トリフォン様が……っ」

突然の来訪に、エラストがさっと動いた。ゲラシムの髪や衣服を整え、腕を掴まれたままのキリルを枕元へ押しやり、留めていた垂れ布もさげる。

「兄が弟の見舞いに来て、なにが悪い！」

押しのけられて転倒する侍女の悲鳴がかすかに聞こえる。

「乱暴はおやめください」

感情を抑えたエラストの声がした。

「いまはお休みになられております。お目覚めになられましたら、一番にお知らせを……」

「ここのところ、定期的に別宅へ籠っているると聞いているぞ。どこぞのオメガに性病でもうつされたのではないだろうな」

「なにをおっしゃいますか。そのようなことはありません」

「それならば仮病など使わず、自分で言えばいいだろう」

不遜な物言いをするトリフォンは、床を踏み鳴らして寝台へ近づいた。垂れ布をめくり、高熱にうなされているゲラシムを目で確認すると、

「これは……」

心配するどころか、にたりとほくそ笑んだ。その顔が、見つかるまいと身をひそめていたキリルを向く。

「おまえは」

初めから気づいていたのだろう。驚きもせずに、片頬を歪めた。

「劇場で会ったな？　やはりゲラシムの『お手付き』か」

「トリフォン様。その者は投薬のために来ている研究員で……」

エラストが助けに入ったが、トリフォンは取り合わなかった。

「病であればまずは医師を呼ぶものだ。言い訳などくだらぬ。侍女では飽き足らず研究員に手を出すとは、まったくもってアルファの鑑のような男じゃないか。我が弟になにを飲ませた？」

ベッドの端にひざをつくトリフォンの手が伸びて来て、できる限り遠くに身をひそめていたキリルの腕を掴む。

手首を縛めるように絡んでいたゲラシムの指を力任せに剥がされた。

「劇場でも思ったが、男にしておくのがもったいないほどの美貌だ。ゲラシムと別宅にこもっているのはおまえか……。研究員などとお堅いことを言って、アルファから何日も愛されるほど男が好きとは……そそる」

「離して、ください」

「さぁ、どうしようか」

「トリフォン様。おふざけが過ぎます」

エラストが足元の垂れ布をめくって現れ、キリルをベッドから引きずり下ろした。

「どうもありがとう。とりあえず、研究所で待機を」

突き飛ばすようにして遠ざけられたのは、いましか逃げる隙がないからだ。エラストがトリフォンを足止めしている間に、キリルは寝室を出た。そこにはトリフォンの侍従が数人いたが、急用がある振りで会釈をし、侍女から差し出されたコートを小脇に抱えて廊下を急いだ。

途中で袖を通し、出入り口を目指す。だが、その途中でフェドートと出くわした。

「ご容体は」

　出し抜けに聞かれ、キリルは端的に説明した。

「よし。ひとまずは薬効があったということだ」

「そのためにわざわざ？」

「いや。知らせたいことがあって」

　研究所の教授であっても、王族の居住する区画への出入りは簡単じゃない。

「忍び込んだわけじゃないから心配するな。エラストに容体を尋ねた際、裏町にも早馬を頼んでおいた。その返事が……」

「裏町ですか？　そんな危ないところに」

　売春窟などがある荒れた地域だ。

「生き字引のような年寄りがいるんだ。万が一のときにだけ頼るようにと父から教わっていた。だが、細かいことは後で話す。その年寄りが言うには、オメガ毒と思われている症状の一番の特効薬は瑕疵性ではないオメガの生き血が一番いいと」

「生き血って」

　驚いたキリルは目を開く。かなり原始的だ。

「あまり深いことは考えるな。わたしも想像を巡らせるのは後にする。とにかく、さっきの丸薬が効けば、盛られていた薬効の進行が止まる。そうしたら、次は絶対に吐血するという話だ。

その後で、オメガが失血死しない程度の血を……。キリル。間違っても手首を切って飲ませたりしないように。吸いつく元気もないだろうから、指先程度でいい」

「本当にそんなことで」

「生き字引が言うんだ。信じるしかないだろう。わたしは一度、屋敷に戻るよ。父の書斎に文献がないか、探してみるから。わたしがいなくても、ちゃんとやりなさい」

腕を叩かれたキリルは、まっすぐにフェドートを見た。見据えられた後で笑いかけられる。

そこにいるのはいつものフェドートだ。だから、キリルも平常心を取り戻す。

「……はい」

落ち着いてうなずく。そのまま、すぐに背を向け合った。お互いに来た道を戻る。

キリルの胸は早鐘を打った。焦る気持ちに勝てずに長い廊下を駆ける。息を乱して、角を曲がる。

その瞬間、視界に影が差した。ぶつかると思ったときには弾き飛ばされた。

ただぶつかったわけじゃない。待ち構えていた手に強く突き飛ばされたのだ。キリルのからだは勢いよく飛び、絨毯敷きの廊下を滑った。

「あぁ、なるほど」

身を起こそうとしたがコートの裾が踏まれる。ひとりやふたりではなかった。

コートだけではなく、足や腕も踏まれ、声をあげる間もなく丸めた布地を口の中に突っ込まれる。抵抗もむなしく荷物のように手足を縛られ、軽々と担がれた。

夜の帳に包まれた静かな王宮の一角では通る人もいない。それでもキリルは呻いて身をよじった。

まさかこんなところで拉致されるなんて思ってなかったからだ。それでも疑問はすぐに解けた。

「思ったよりも早かったな」

連れて行かれた部屋で待っていたのが、ローブ姿でくつろぐトリフォンだったからだ。

「引き返して来たので捕らえるのは簡単でした。この男、オメガでしょう」

キリルを取り囲んだのは五人の男だ。次々に顔を覗き込まれる。髪を鷲掴みにされ、イスに座ったまま無理やり顔を上げさせられた。

「きれいな顔だ」

「どこで見つけたんですか。目の焦点が合ってる。瑕疵性じゃないぞ」

「まさか、未通性じゃ……」

「残念だが、それは違う」

トリフォンが男たちを払いのけてキリルの前に立った。

「ゲラシムが、兄の私を差し置いて隠していたんだ。研究所の研究員だと言うが……、オメガごときがどうやって入り込んだのか」

「発情期に合わせれば色仕掛けぐらい簡単でしょう」

「想像するだけで卑猥だ」

「オメガだからなぁ」

男たちは嘲(あざけ)りの笑いに欲情をちらつかせる。

「おまえ、発情期が近いんだろう。いやらしい匂いがプンプンする」

あごを力任せに掴んだトリフォンは、キリルの目を覗き込んで舌なめずりした。コートの裾に隠れていた股間をぎりっと掴まれ、

「うっ」

痛みに低く呻いて身をよじった。男たちがいっせいに顔を覗き込んでくる。

「あー、やらしい」

「もう目が蕩けてる」

トリフォンの手は容赦なく乱暴に動いた。

「……や、め……」

握り込まれる痛みに耐え切れず縛られた手で拒んだ。途端に頬を叩かれ、掴まれたままの髪がちぎれそうになる。

「躾(しつけ)がなってないな。おまえらオメガはこう言うんだ。『気持ちよくなり過ぎるから、優しくしてください』。教わらなかったなら、今夜中に仕込んでやる」

トリフォンの目が、暗い欲望でギラギラと光る。

「あいつの目が覚めたときには、おまえはもう、俺だけのオメガだ。嬉しいだろう。未来の王である、私の『つがい』になれるんだからな」

「イヤ……」

余りの衝撃に声がかすれたが、聞きつけたトリフォンは容赦なく平手を振り下ろした。目元に手の骨がぶつかり、頭がくらりとする。

「そんな口の利けないように、ここにいる男全員でおまえを仕込み直すぞ。ゲラシム以外の男の精液は知っているのか？　うん？」

トリフォンの目配せを合図に腕と足の縛めが解かれ、コートを剥がれる。キリルは床に転がった。

這って逃げようとしたからだを男のひとりから蹴り上げられる。伏せたところへ獣のような体勢でのしかかられ、ズボンの紐がほどかれる。それでも、もがいた。

しかし、男たちはわざと逃がしては追いかけるのを楽しみ、笑いながら一枚一枚服を剥いでいく。シャツは引き裂かれ、髪も解(ほど)けて乱れる。

全裸にされた後は、その髪を鷲掴みにされ床を引きずられた。

立って歩くことは許されず、身を起こそうとすると男の誰かが足を払い、背中を蹴る。

始終、いたぶることを愉(たの)しむ笑い声は絶えず、隣の部屋にある浴室の小さな浴槽に押し込められた。温かい湯が張られていた。

　男のひとりが服を脱ぎ、浴槽に入ってくる。

　押しのけようとしたが、抵抗すると別の男に髪を強く引っ張られた。

「やめ……」

「あきらめが悪いな。ベータの味を知っておくのも勉強だ。まずは全身を洗ってやる」

　狭い浴槽の中で力任せにのしかかられると、身をよじらせるぐらいがせいぜいで、抵抗らしいこともできない。それさえ服を脱いで集まってくる男たちの嘲笑（ちょうしょう）を誘う。

　濡れた髪が頬に貼りつき、必死になればなるほど息が弾む。

　湯がバシャバシャと音を立てた。仰向けになっているキリルの足がずるっと滑り、上半身が沈む。溺れかけてむせると、抵抗が弱まった瞬間を狙って股間を掴まれた。

　揉みしだかれ、顔を覗き込まれる。

「こんな上玉、見たことないな。瑕疵性になったら、俺が囲いたいぐらいだ」

「トリフォン様もそうそう手放さないだろう」

「それにしても抵抗するじゃないか。もう少しおとなしくさせろよ」

　おもしろくなさそうに言ったのは、髪を掴んでいる男だ。キリルの股間をいじる男は、はぁはぁと息を乱し、

「この腰のよじらせ方、たまらない……」

尻の割れ目へと昂ぶりを擦りつける。

「最初は俺だ」

まだローブを着ているトリフォンが近づいて来て、おもむろにキリルの頭を押さえつける。

顔が湯の中に沈み、息ができずに抗うと引き上げられ、またすぐに沈められる。

「どうだ。そろそろ勃起してくるぞ。こいつらは結局みんな、飼い主が欲しい動物なんだ」

「んっ……ぐっ……はっ」

キリルは必死に浴槽のへりを掴んだが、そのたびにあっさりと引き剥がされ、正面を晒したからだは何度も湯の中へ沈んだ。浴槽の中にいる男が足の間に入り込み、その上下の動きがまるで性行為のようだとはやし立てる。

水責めに合うキリルの苦しさを心配する男はひとりもおらず、やがて息をするタイミングも取れなくなり、湯をガブガブと飲んでむせた。意識の朦朧としたからだが浴槽から引き上げられ、一瞬の安堵を覚えたが、息も整わないうちに床へひざまずかされる。

「まずはゲラシムの仕込んだからだに鳴いてもらおうじゃないか」

トリフォンの一声で腰を引き上げられ、突き出した尻の肉を押し開かれた。

「うっ……」

とろりとした液体が、双丘の割れ目の始まりにあるくぼみに垂らされ、腰から背中までつつっと伝う。一方では、すぼまりのその先までがぬめった。

「あっ……い、いや……」

指につつき回されるすぼまりは、侵入を拒むたびにきゅっと締まる。キリルはくちびるを噛んだ。

逃げることは叶わない。もう運命は決している。

そう思う脳裏にゲラシムの姿が甦り、どこにも行かないようにと掴んでいた指の強さが手首を疼かせ、腰がじわりと熱を持った。

「いい顔してるじゃないか。やっぱり、その穴をいじられるのが好きなんだろう？」

「『トリフォン様の太いお徴しが欲しい』とねだってみろ」

「少しは優しくされたいだろう。それとも、もっと水責めにされるのが好みか？」

男たちに揶揄され、晒されたすぼまりが指先に犯される。いつ一息に挿入してくるのかわからず、キリルは泣きながら首を振った。

脳裏から追い払うたびにゲラシムの面影が浮かび、汚されるぐらいならいっそ死にたいと舌を噛む。

「まだわかってないのか！」

すぐに見つかって、トリフォンに頬を殴られた。怒りのままに脇腹をきつく蹴りつけられ、キリルは不格好に転がる。

「ぐっ……」

性器のすぐ脇を裸足で踏まれ、かかとがぐりぐりと関節を責めてくる。

「……お許しを……」

口の中に広がる血の味で我に返ったキリルは、容赦のないトリフォンの足にすがった。

『つがい』になるわけにも、瑕疵性オメガにされるわけにも行かない。ただのオメガのままでなければ、吐血したゲラシムを助けられないのだ。

「もう一度だけ……あの人に……」

そんな願いが聞き入れられるはずもない。激昂したトリフォンは、キリルを浴槽に掴まらせるよう、男たちへ命じた。

「水責めのままぶちこんでやる。……あれは第二王子だ。俺より優れているはずがない！　おまえにもすぐにわからせてやる」

そう言うと、浴槽を掴んだキリルの上半身を湯の中に押し沈め、男たちに押さえさせた後ろから腰をぴったりと押し当てた。

「動かなくなるまで沈めておけ。死んだところで困るものか。おまえたちにはすぐに別の女を呼んでやる」

怒りが募ると、性的欲求を満たす以外に発散する手段がないのだろう。自らではコントロールできず、せっかくの資質も凶暴性だけを剥き出しにして無残なものだった。

だが、そんな未熟さに気づかないでも許される。それほど高い地位にいるのだ。

弟への憎しみを露わにしたトリフォンは、両手でキリルの細い腰を掴んだ。濡れたすぼまりへ先端を合わせると、下卑た野獣のようにいきり立って息遣いを乱し、腰を突き出してくる。

男たちの手で溺れさせられているキリルは、湯の中で目を見開く。

この一瞬だけはゲラシムを思い出したくない。そう願うのに、心は助けを求めた。

無理に押し開かれたすぼまりに裂傷の痛みが走る。覚悟を決めるまでもなく運命に流され、キリルは絶望した。

だが、自分が水を飲んで暴れる音の中に、わずかな異音を聞く。

男たちの手がゆるまり、水の中から飛び上がった瞬間、後ろにあてがわれたものがはずれる。トリフォンを突き飛ばすように床に倒れ込むと、その先に磨き上げられた革靴が見えた。

「いくら第一王子とは言え、王立薬学術研究所の教授補佐を監禁虐待することは許されませんよ」

厳しく響いたのは、エラストの声だ。

「なにを……。この男はオメガだぞ」

興を削がれたトリフォンが鼻で笑う。

「それをどう証明します」

第一王子に対しても、エラストは一歩も引かなかった。その勢いを支援しているのは、浴室の入り口にもたれて立つ男だ。

病床の寝乱れもそのままに厚手のローブをからだに巻き付け、ゲラシムは厳しく表情を引き締める。

周りを視線で牽制したエラストが、その場にあった湯上がりのローブを手に取り、もう少したりとも動けないほど脱力しているキリルのからだに着せ掛けた。

それを待ってから、ゲラシムは口を開いた。

「悪ふざけが過ぎたようだ。兄上」

ゲラシムの声は本調子とはほど遠い。入り口から離れられる状態でないことは一目瞭然だ。

「なにを言うか……」

勢いを削がれていたトリフォンは、嘲るように笑う。

「おまえらをまとめて始末すればいいだけだ」

目配せされた男たちは全裸のまま、どこからともなく刃物を取り出していた。

「ここまで愚かでは、粛清も止むを得ない」

ゲラシムがゆらりと扉の枠から身を離した。

「や、やれ……っ！　殺せぇッ！」

トリフォンが後ずさりながら絶叫したが、ゆっくりと歩きながら巡らされるゲラシムの視線に、男たちはことごとく刃物を取り落とした。

それが生粋のアルファだ。己の凶暴性を強さと勘違いし、ベータを巻き込むだけの未熟なアルファとは違う。ベータの戦意を喪失させることぐらいは簡単なことだった。

男たちが次々にひれ伏す中、トリフォンが絶叫した。手近な男を蹴り飛ばし、拾い上げたナイフを振りかざす。

「兄上」

ゲラシムはどこか悲し気に一呼吸しただけだった。まるで雪を避けるようにあげた手がトリフォンの腕を掴み、刃物を落とさせる。そして、もう片方の手は、その軽やかさとは真逆の衝撃でトリフォンを吹っ飛ばした。渾身(こんしん)の力で兄を殴ったのだ。

足がふらつき、エラストが慌てて支えに走る。

「が、ががっ……！」

奇妙な声をあげたトリフォンが口を押さえ、あごを震わせる。手のひらに歯が転げ出し、今度は引きつるような悲鳴をあげた。

「おまえたち、兄上を居室にお戻しして医師を呼べ。裸で行くなよ」

エラストに支えられたゲラシムの言葉に、男たちはまるで昔からの下僕だったかのように短く声をあげて応えた。すぐに服を着て、騒ぐトリフォンを担ぎ上げた。一目散に逃げていく。

その騒がしさが遠のくと、ゲラシムは顔を歪めた。

「怪我(けが)は、ないか……」

声を掛けられ、居住まいを正そうとしたが、キリルの疲れきったからだは起こしているのがやっとだ。涙だけが流れ落ちていく。

「キリル、答え……」

「ゲラシム様ッ！」

ガボッと吐き出す音にエラストの声が重なり、キリルの滲んだ視界の中が赤く染まった。

「どうなさいました……ッ。ゲラシム様、ゲラシム様ッ」

エラストに抱きかかえられ、なおも血はゲラシムのくちびるから吹き出す。ふたりはあっという間に血塗(ちまみ)れになった。

「……横向きに」

キリルの声はのどに詰まり、必死に呼びかけるエラストの叫びに負ける。拳を握り、静かに息を吸い込み、キリルは残された力を振り絞った。

「寝かせなさいッ！　横向きに！」

浴室がビリビリと震えるような絶叫に、エラストは慌てふためきながらも従う。やがて吐血は収まったが、目を閉じたゲラシムは苦しげに身悶えた。

指先の色が変わるほど強く、ローブの胸元を掴む。

「こんな……っ。医師を……」

顔を真っ青にしたエラストの腕を、這うようにして近づいたキリルは強く引いた。

「言う通りに……」

すがりつくように顔を見上げると、目を真っ赤に血走らせたエラストはくちびるをわなわなと震わせた。

大量の血を吐き出したゲラシムを前にしているいまなら、どんな邪悪なものにも魂を売り渡すに違いないと思えた。

それはキリルも同じだ。ゲラシムが助かるなら、引き替えに死んでもいい。

「ナイフを、取って」

言いながら足を組み、苦しむゲラシムの頭を膝に乗せた。ローブの袖で顔を拭い、無理に開かせた口の中もぐるりと清める。

白い布は真っ赤になり、キリルの目からは次から次へと涙が流れた。

「すぐに楽になりますから」

濡れた髪を乱暴に片側の肩へ流したキリルは、エラストからナイフを受け取り、手首に当てた瞬間に目を閉じる。フェドートの声が幻のように聞こえ、動揺しているキリルの心をさらに揺すった。

慌てて手首を切るなと言われたのだ。

ゲラシムが助かるのかどうか、見届けないといけない……。

やがて、荒れた波が収まるようにゆっくりと、心は静けさを取り戻す。

キリルは指の腹にナイフを押し当てた。一思いに滑らせ、ざくりと肉の割れた痛みをこらえながら滴りをゲラシムのくちびるへ持って行く。そのまま、ゆっくりと指ごと口に含ませた。

　エラストはキリルの背後で距離を置き、ただ息をひそめている。

「殿下……。ゲラシム殿下。どうか、お飲みください。どうか」

　キリルは祈るようにささやいた。

　ドクドクと響く痛みを感じながら、ゲラシムの頭を抱きしめるようにする。髪を撫で、眉をなぞり、目元を見つめる。

　苦しさに震える男の手が、キリルの頬へと伸びて、そっと撫でて離れた。それだけがやっとだと言わんばかりに胸へと落ちる。

　だが、弱い力で指に吸いつかれ、

「殿下……」

　キリルは身を屈めた。舌が傷をかすめ、ぞくりと腰が痺れる。

　柔らかな舌先が、ゲラシムのためだけに開いた血肉のくぼみを撫で、それは淫靡な愛撫に変わっていく。

「あっ、く……」

　息を詰めたが堪えられずに熱い息が洩れた。

　胸で息を繰り返しながらゲラシムを見ると、キリルの指をくわえた男のまぶたは、まどろみから目覚めたばかりのように薄く開いていた。豪雪の中でも変わらずにすくりと立つ針葉樹のように、とこしえの緑の色には命が宿っている。

「あぁ……っ」

ゲラシムに手を握られ、思わず声が洩れる。この人は大丈夫だと確信した瞬間、キリルはゲラシムを抱えて泣き崩れた。

その様子を見たエラストは、ゲラシムが息絶えたのかと焦って這い寄る。だが、事態を察すると、またすぐに離れて行った。


【6】


血液を与えてから一週間のことは、ほとんどキリルの記憶になかった。

目が覚めると隣には必ずゲラシムが横たわっていて、寝ているときもあれば起きていることもあった。三日目から動けるようになったが、極度の貧血に陥ったキリルは意識が朦朧としたままで、ゲラシムのいない間は見張りがつけられたらしい。

勝手に徘徊してしまう上に、眠気に誘われたらところかまわず倒れ込んでしまうからだと、すべてはエラストから聞いた。

血を与え過ぎたせいで発情期が起こることもなく、流動食で腹を満たし、眠りたいだけ眠る毎日が過ぎ、一週間後にウルリヒ家の屋敷へ送り届けられたのだ。

キリルを迎え入れたのはフェドートとその弟妹たちだけではなかった。そこにいたのは、急遽帰国したウルリヒ教授夫妻だ。驚いたキリルを見るなり、目に涙を溜めたウルリヒ教授の妻はキリルを強く抱きしめてくれた。

詳細は知らされていなかったようだが、苦しい想いをしたことはわかったのだろう。ほどよい同情はキリルの傷ついた心を慰めるにじゅうぶんで、それから三日は落ちた筋肉を取り戻すためのリハビリをしながら弟や妹たちと遊んだ。

そして、ウルリヒ教授からの聴取にも応え、アルファのからだに現れた症状の詳細を伝えた。

四日目に夫妻が赴任地へ帰り、見送ったキリルとフェドートは、弟妹たちとは別に団欒室へ入った。

暖炉の火が赤々と燃え、キリルは事件のことを嘘のようだと思う。

「教授枠がひとつ空いたよ」

長イスに腰かけたフェドートが口を開き、キリルは現実へと連れ戻された気分で顔を向けた。

「まぁ、准教授を抱えていたから、彼が昇格するだろう」

それは、フェドートから古書をかすめ取った研究室の話だ。トリフォンと繋がっていた教授がどんな処罰を受けたかはわからないが、トリフォンは療養と称して離宮へ閉じ込められ、王妃の投薬担当であるキリルを監禁した事情を聴取されている。今回の事件は、王の耳にも届いたのだ。

「わたし宛には、これが届いた」

差し出された紙を、長イスの端に座ったエラストから受け取る。反対側の端に座ったキリルは、公文書の透かしが入った紙を一読して驚いた。

「これは……」

「君は、助手から教授補佐に昇格だ」

書類の日付は事件の前になっている。

「准教授はすっ飛ばして、教授になる日も早そうだ」

「まさか、そんな……。どういうことですか」

「そう言うと思って、エラストに確認した。手を回したのは彼だ。君に仕事をあきらめさせ、殿下のおそばに侍らせるつもりだったが、当のご本人に叱責されたらしい。ならば、教授補佐に昇進させて王宮への出入りをしやすくしようとしたんだな。教授補佐ともなれば、わたしの代わりに動くだけの助手ではないからね」

「補佐しているんですから、同じです」

だが王宮での扱われ方は確かに変わる。

「昇任の後ろ盾は王妃だ。君は見事に気に入られたらしい。即教授職にと言われたのを、段階を踏みたいからとエラストが断ったって話だから。春には准教授か、秋頃の教授昇任ということもありえる。そうしたら、研究室は君に譲るよ」

「なにを言っているんですか。そんなことはあり得ません」

「どうして」

「どうしてって……」

　キリルは視線をさまよわせた。

「ゲラシム様も近々、療養に出られる」

「え？　容体は良好だったはずです。王宮で最後にお会いしたときは……」

「そうわかりやすく動揺しないでくれ……」

　フェドートはこれ見よがしにため息をついて、長イスの背に肘をついた。

「王位継承者からトリフォン様をはずすために、同じ病にかかったと見せかけるつもりだろう。一方だけが回復できたという簡単な筋書きだ。継承権争いとしては穏便な決着でもある。あの方が継承権第一位に就けば、誰もが安心する。……王も、王妃も」

「……そんなふうに簡単に言わないでください」

「そうだね。君にとっては大変なことだ。仕事と継承権第一位の王子と、どちらを取るつもりだい」

　からかうように見られ、キリルはうつむいた。視界の端で、暖炉の火がちらちらと燃えている。その火の熱さを考えると、縫わずに塞いだ指の傷が痺れるように疼いた。

あの人を思い出すだけで心が熱くなっていく。

「あら、恋する顔……」

「本当ね。ロマンスのお相手はどんな方？」

柔らかな声がして、いつのまにか現れたふたりの少女は、わざとらしくくるりと回ってドレスの裾を摘まんだ。姉のアルシアと妹のシェイラだ。あどけない表情に、キリルの心もなごむ。

「かわいいね。よく似合っているよ」

アルシアは新緑の淡い緑。シェイラは春先に咲く花の薄紅。レースの付け方がそれぞれ違っている。新しいドレスだ。

「そうでしょう？」

「どなたからいただいたと思う？」

ふたりがうふふと笑い、

「ゲラシム殿下だよ」

足を組んで眺めていた兄にあっさりばらされて頬を膨らませた。

「ひどいわ！　キリルに聞いたのに！」

「そうよ！　兄様は黙っていらして！　それでね……、恋をしているでしょう？　相手は高貴な方？」

「その方を大事に思って、特別な投薬をしたんでしょう」

「好きだからよね？」

「愛しているのよね？」

　矢継ぎ早に聞かれ、キリルは思わずフェドートを振り向く。三人を楽しげに見渡していた長兄は、ぼんやりと視線を遠くにそらした。

「フェドート！　なにを言ったんです！」

　キリルが叫んでもどこ吹く風だ。

「それを話すと、この子たちに嫌われてしまう。少しばかりのヒントを教えてやりなさい。ドレスをくださった方に、報告をする義務があるんだ」

「ドレスを……」

　繰り返して、キリルは首を傾げた。それはゲラシムだ。だが、キリルの恋のことなど聞いてどうするのだろうかと思う。

　しかも、こんな遠まわしな方法で聞く必要があるだろうか。ゲラシムからの質問なら、キリルは嘘をつけない。その恋心の行き先がゲラシム自身であることも打ち明けてしまうだろう。

　それがアルファとオメガの関係だ。

「恋は……してる」

　隠せば隠すほど妹たちが執拗に問い詰めて来ることは想像にたやすい。だから答えたが、ゲラシムを思い出しただけで頬は熱を持った。真っ赤になったのが自分でもわかり、キリルは慌てて顔を覆う。

「あら……」

アルシアが小首をかしげた。

「本気ね」

続けて言うなり、シェイラの手を引いた。

「まだ、なにも聞いてないわ」

幼い声がそう言うのを聞かず、アルシアは無理に引っ張り、部屋を出ていく直前でもう一度だけ振り向く。

「あの方がキリルの王子様ね」

無邪気な声の余韻だけが残され、フェドートが笑いを噛み殺す。キリルは顔を覆ったままで首を振った。

「なにを笑っているんです。あの方は、『僕の王子様』じゃない。みんなの王子だ。正真正銘の」

「……いまや、継承権第一位の王子だしね。そして君のものだ」

「からかわないでください。命をお救いしたからと言って……。そんな……からかわないでください」

どこまで行っても、アルファとオメガだ。絶対的王者と、圧倒的な精力を処理するためだけに生まれた道具。だから、妙な期待は初めから抱いていない。それなのに、胸はきりきりと痛む。

思わず涙ぐんでしまい、キリルはぎゅっとくちびるを噛んだ。

自分はこんなに弱かっただろうかと苛立たしくなるが、同時に胸いっぱいに広がる切なさが幸福の極みのようにも思える。

貧血のせいで発情期らしいこともなかった一週間は、ただ並んで眠るだけだった。手を握られ、時には腕に抱かれて体温を分けられ、こんなに暖かい冬はないとまで思った。夢うつつのなかでもそう思えたのだ。

意識が曖昧だったからこそ、身を委ねることができたとも言える。

「初恋だから疎いのか……。それとも……」

ふっと息をついたフェドートは足を組み直す。

「君の個性だろうね。……ゲラシム様の立場になって物事を考えてみなさい」

「そんな……僕は……」

オメガだ。アルファの気持ちになんてなれない。

そう言いかけて口ごもる。

都合のいい妄想しか抱けないのだと、それは言い出せなかった。本来はトリフォンや取り巻きたちから受けた扱いが当然のオメガだ。飼い主が立派だからと言って、自分まで立派な人間になれるわけじゃない。

だけど、もしかしたらと思ってしまう。どんなに自分を貶めてみてもあきらめられないのは、相手がゲラシムだからだ。

寝ぼけながらそっと交わしたキスは、キリルからのものだった。あれはきっと夢じゃない。抱き寄せられ、湧き上がる欲情さえ放り出して、ただひたすらに相手の息と自分の息が溶け合う悦びに浸った。

あの夜を、ゲラシムはどう思っているのだろう。キリルからのキスを微笑みで受けた、あの人は……。

トリフォンたちからあんなふうに扱われたのに、嫌わずにいてくれたのだ。自分の命を救ったオメガを、性欲処理の道具ではなく愛玩動物ぐらいに思ってくれたのだとしたら、キリルにとっては身に余る光栄だ。

熱くなった頬は、恥ずかしさとはまた違う感情でさらに熱を持つ。無遠慮に覗き込んでくるフェドートの肩をキリルは乱暴に押し返した。

＊＊＊

研究室に戻ったキリルは引き続き、王妃の投薬に通った。王宮を出たままの王子たちを巡り、宮廷はどことなく騒がしい。

人の口に戸は立てられないものだ。噂はどこからともなく流れ出し、兄のトリフォンの後遺症はかなり酷いようだとささやかれた。噂好きの人々はそのことに夢中になり、裏で起こった真実を想像しようともしない。

それはつまり、今回の結果が誰からも好ましく思われているからだ。

「お願いできるかしら」

投薬後の恒例になった茶会の席で、うっかり考えことをしてしまったキリルは慌てて王妃へ視線を向けた。

「キリルさんがぼんやりなさるなんて珍しいですわ」

王妃のカップを新しいものと取り替えた侍女が笑う。

「申し訳ありません」

「よろしいのよ。王宮が落ち着かないせいでしょう。あのふたりが同じ流行り病にかかってしまうなんて、誰も思わなかったことですもの。トリフォン王子は……」

そう言いかけて、王妃は表情を沈ませた。

「ここだけのお話として聞いてくださるかしら。できれば、投薬の担当として、あなたの胸にだけ秘めておいていただきたいの」

それが聞き逃したお願いかと、キリルは背筋を伸ばす。王妃は小さく息をつき、斜め後ろに控える侍女を指先で呼んだ。

手のひらを差し出され、求めに応じて指先を差し出す侍女は青ざめ、きゅっとくちびるを噛む。

「あの子の取り巻きのひとりが、この子を乱暴したのよ。その理由は、あの子がわたしの寝室に潜り込むためだったわ」

「それは」

さすがに息を飲み、キリルは半身を傾けた。聞き捨てならない。

「わたしは別の場所で休んでいたから未遂で済んだけれど、王妃に手を出すことさえ恐れない獣をアルファだからともてはやすなら、この国は亡びると思ったわ。でも、誰にも言えなかったのよ。ゲラシム可愛さにトリフォンを陥れたと噂されることよりも、この子がされたことを……、誰にも知られたくなかったの。わたしの悔しさがわかるでしょう？　でも、天罰はくだった。あとはゲラシムの回復を祈るだけ……。わたしたちはトリフォンがいなくなり、取り巻きにも仕置きがあれば、あとはもう何の気鬱もありません。あなたの投薬も効くでしょう。だから、ゲラシムの様子を見てきていただきたいの」

「え？」

「キリルの細やかな投薬があれば、ゲラシムは必ず回復するでしょう。お願いできるわね」

王妃と侍女は微笑み合い、揃ってキリルを見た。ゲラシムは病のふりをしているだけだと、真実が喉元までせり上がる。

でもうかつなことは言えなかった。

「これを渡してきてちょうだい。大切なものだから、必ずあなたが持って行くようにね」

王妃が差し出す小箱は手のひらからはみ出す大きさだ。中身を確認できる雰囲気ではなく、キリルは断ることもできなかった。


一刻も早くと急かされた結果、その日のうちに馬車が仕立てられた。山のふもとにある離宮までは馬車で五時間かかる。だが、途中でソリに乗り換えれば一時間の短縮だ。

到着はどちらにしても、夜になるだろう。

独身寮まで見送りに来たフェドートは、雪山を眺めることのできる離宮行きをしきりとうらやましがった。

「一緒にどうですか」

思い切って誘うと、

「さすがにそれはできない。邪魔者は摘まみ出されかねないよ」

フェドートはからりと笑った。早く行けと背中を押され、馬車へと押し込まれる。

「キリル。妹たちの手紙はもうゲラシム様の手元に届いているよ。今度は素敵な帽子が届いた。春が来たら、みんなで花見の茶会をしよう。貴賓としてゲラシム様をお呼びしたい。君からお願いしておいてくれ」

そう言うなり扉が閉められる。フェドートはなんの心配もしていない表情で手を振った。

馬車はすぐに走り出す。ふいに不安が募り、窓へと身を寄せる。

だが、フェドートの姿はもう見えない。雪が降り始め、轍(わだち)に合わせて走る馬車の車輪の音だけが耳に響いた。

外を眺めても単調な雪景色が続く退屈な馬車の時間が終わると、今度は犬が引くソリに乗り換える。着替えなどの荷物は馬車が遅れて届けることになっていた。

ソリを操るのはあごひげを長く伸ばした老人だ。一見すると武骨だが、ひげにつけたリボンを孫娘からもらったお守りだと笑う顔は陽気だった。互いに名前を名乗って握手をする。

護衛の男を含め三人での道行きだったが、もちろん彼も名前を聞かれ、キリルとも握手するように促された。

日が暮れていく中で出発した早駆けのソリは、馬車と違ってからだに直接風が当たり、初めは掴まっているのもやっとだったが、老人が朗々と歌う昔からのソリ歌が耳に馴染(なじ)むのと同時に楽しくなってくる。

休憩を入れながら進み、空に昇った月が雪原を照らし始めた頃には、遠くに見えていた山が近くなり、そのそばに離宮の明かりが見えた。

離宮は林に取り巻かれ、村々からは一段高い丘の上に建っている。

老人と一緒になって歌っていた護衛の男が喜びの声をあげ、うっかり両手を離して雪に落ちる。キリルは慌てて老人に声を掛けた。ソリが速度を落とし、転げ落ちた男は雪まみれになって笑いながら走ってくる。老人もゲラゲラと笑いながら待つ。

それはキリルの知らない暮らしをしている人々の笑顔だった。

ウルリヒ家は貴族ではないが、研究者としての正統な血筋の上流階級層に位置している。だが、ソリ引きの老人も護衛の男も平民階級の生まれだろう。

キリルには歌えないソリ歌を、ふたりは歌えるのだ。

「あんた、オメガだろう」

男が追いつくのを待っていた老人が、帽子のひもを結び直しながら小さな声で言った。キリルはぎくりと肩を緊張させる。

「いや、答える必要はないよ。実はな、ワシは殿下の暇つぶしに、ソリを教えているのさ。そうしたら、殿下から大事な客が来るから絶対に退屈させるなと、畏れ多くもご用命があった。はて、どんな雪の精が来るかと思ってのぉ」

「……がっかりしたでしょう」

月明かりの中を必死に、でも器用に走ってくる男がふたりに向かって手を振る。まだかなりの距離があった。キリルの後ろに立つ老人がゆっくり来いと叫びながら手を振り返す。

「どうしてがっかりするんだ。あんたは手に職を持っていると聞いたが……」

「王立薬学術研究所にいます。発情期を抑える薬があるんですよ」

「そうか、立派なものだな。隣村でオメガがいるとわかったときは悲惨だった……。村中の子どもがオメガもベータもなく一緒くたに狩られてな、親が抵抗したもんだから村は焼き払われた。もう地図にも残っておらん」

老人の昔語りを、キリルは自分のことのように聞いた。だが、キリルの場合は、オメガであるということは自分ひとりが背負う問題だった。オメガが見つかったことを理由にして近所の子どもまで狙われることはない。

それは、中流階級の家庭だったからだ。

人の命はどれも同じ重さに違いない。なのに、階級に分けられた途端、誰かにとっては肩についた糸くずよりも軽くなってしまう。

「もしもオメガの噂を聞いたら、僕のところへ知らせてください。必ず一人前にしてみせます」

「……あんたはまっすぐだなぁ」

老人の声が震えているのに気づき、キリルは振り向いた。

彼の話した『隣村』が本当に彼にとっての隣村だったのか。それを考える。地図から消えた隣村から逃げることができた村人もいただろう。

「わしの村ではな、オメガにまつわる伝承は悪いものばかりじゃなかった。そりゃあ、人によるさ。ひとつ、あんたに教えてやろう」

「はい」

「オメガはな、アルファにとっては『雪の精』だ。自分だけに見えるが、触れると熱で溶けて消える。驕りたかぶったアルファはそうして自分自身の『孤独』を、『孤高』と取り違えるんだとさ。どんなに偉くても、どんなに万能でも、心が満たされないというのはつらいものだろうな……。わしは平凡なベータだ。いまはもう、孫娘の幸せを願うばかりだよ」

老人の声に、追いついた男のぜぃぜぃという荒い息が重なる。キリルは手を貸してやり、彼をソリへ引き上げた。

「見ました？　俺、三回転しましたよ！」

「見えるもんか。わしの目は後ろにはついとらん！」

「僕も……」

「ええっ。まぁ、そうですね」

男が笑い出し、三人はそれぞれに笑った。老人はキリルとの会話をおくびにもださず、ソリは静かに滑り出した。


離宮に着くと、そわそわと落ち着きのないエラストに迎えられ、すぐに風呂へ入れられた。薪焚きの風呂だから、冷えていたからだのせいで湯がぬるくなることもない。

「お疲れのところ申し訳ないが、ゲラシム様がお待ちかねだ。着替えはここに置いておく」

「あっ！」

浴室の隅に新しい服を置いた侍女が、キリルの着て来た服を持ち去ろうとする。

「服はまだそのままで。王妃様からお預かりしたものがポケットに入っていますから」

「そうか……」

エラストが手で合図をすると、侍女は服の入ったカゴをその場に戻して部屋を出た。エラストだけが残り、イスに腰かける。

「湯加減はどうだ」

視線をそらしたままで聞かれ、

「ちょうどいいです」

キリルは素直に答えた。そのまま居心地の悪い沈黙が流れる。

耐えかねたキリルがなにでもいいから話しかけようと息を吸い込むと、それを察したエラストがくるりと振り向いた。

「からだをきれいにしておくといい。ゲラシム様はおまえを抱くつもりだろう」

「……エラストさん」

キリルの脳裏にふとした疑問がよぎる。

「どうして僕の昇進を掛け合ってくれたんですか」

「ゲラシム様に叱られたからだ。おまえがいまの職に就いているのは、努力の結果だと。あの人がそうおっしゃるのなら、無理に侍らせても不興を買うばかりだろう。仕方なくだ。薬学の個人講義という名目なら、国益にもかなう」

発情期に合わせて別宅にこもる理由にもなると考えたのだろう。

「ありがとうございます」

風呂の中で頭を下げると、

「なにが、だ」

エラストは不満げにあごを反らした。

「すべてはゲラシム様のためだ」

「一足飛びの昇進はお断りくださったと聞きました。研究所での僕の立場を考えてくださったんでしょう」

「知るか。ゲラシム様の専属教授ならば、それなりの成果もあげてもらわねばならない。それだけのことだ」

言い方こそ冷たいが、出会った頃と比べれば雲泥の差だ。根底には同じ男に対する想いがある。恋と敬愛の違いはあるが、どちらも慕う気持ちだ。

「……キリル。ひとつ聞いてもいいか」

「なにでしょう」

「おまえは、ゲラシム様のことを、どう思っている」

「……どう、と言うのは……。もちろん立派な方ですし、王位を継ぐに相応しいと思います。美丈夫でいらっしゃいますから、国民からの人気もますます高まるでしょう。間違いなく、歴史に名を刻む名君に」

「ふざけてるのか」

いきなりぎりっと睨まれる。キリルは黙って目をしばたたかせた。自分の発言のなにがいけなかったのかわからない。

「同じことをゲラシム様に聞かれたら、そんなことは絶対に言うな」

「……でも、なんとお答えしたら」

「まさかとは思うが、あの人を生粋のアルファだから助けたと、そんなことを思ってはいないだろうな」

エラストのからだがわなわなと震えるのを、キリルはなにか悪い病気だろうかと思ってしまう。頭の中に薬学の文献が浮かび、頁（ページ）がぺらぺらとめくれる。

怒りっぽいのも、きっと原因があるのだ。

「キリル……」

「あ、はいっ。エラストさんは、小魚はお好きですか」

「……この、学者バカが」

吐き捨てるように言われ、キリルはハッと我に返った。

「いいか。キリル。これはおまえを思っての、私からの助言だ。よく聞けよ」

「はい……」

「本当にわかってるんだろうな」

浴槽に近づいて来たエラストはその場にしゃがみ、キリルと目の高さを合わせた。

「これはおまえの症状に合わせた処方箋だ。心して聞け。今夜、ゲラシム様からなにを問われても『はい』と答えろ。疑問なんて抱くな。あの人が考えることはすべて正しい。そうだろう？　あの方がアルファであろうがなかろうが、我々にとっては唯一無二の王子であり、名君となる御方だ」

「……そうですね」

小首を傾げたキリルは、脳裏に浮かび上がるゲラシムの面影を追う。

それは凛々しい横顔であり、厳しい怒りの表情であり、寝台の中で柔らかなキスを繰り返した微笑みだ。

「黙って、その顔をお見せしていろ。はぁ……、フェドートはなにをしていたんだ。協力すると言ったくせに」

ため息をついて立ち上がったエラストは、隣の部屋で待つと言い残し、そのまま浴室を出て行った。

扉がパタンと閉まる。だが、すぐに開き、眉を吊り上げたエラストが再び顔を見せた。

「フェドートが言っていたぞ。おまえの一番悪い癖は、自分がオメガであることを受け入れ過ぎることだと……。オメガである前に、人間だろう！　しっかりしろ！」

キリルをオメガとして蔑んでいたはずのエラストから言いたい放題に怒鳴りつけられる。キリルはポカンと口を開いた。

扉が外れそうな勢いで閉まる。

今度はもう開かない。それでも、キリルはしばらくそこだけを見つめていた。


浴室から出ると暖炉そばのテーブルに軽食が用意されており、エラストはいなかった。侍女に給仕されながら食べていると、その間にも別の侍女たちに髪を乾かされ、面白半分に横側を編まれた。

まるでフェドートの妹たちが成長した後を見るようだ。落ち着いているのは姿ばかりで、どこか浮足立ってあどけない侍女たちだ。

「ゲラシム様はずっとお待ちだったんですよ」

ひとりが口火を切ると、残りのふたりも息せき切って話し出す。

「今日こそは、今日こそはとおっしゃって」

「先日はついに、お忍びで王宮へ戻ると言い出されて、それはもうエラスト様が大慌てでしたわ」

「ゲラシム様ほどの方を焦らすなんて、どんな人なのかとみんなで噂していたんです」

「想像通りでしたから……。わたしたち、もう……」

両手を胸の前で組み合わせた侍女から輝く瞳で見つめられ、やっぱり妹たちの面影が重なる。きっとロマンス小説が大好きに違いない。

「こんなにきれいな方をお待ちになっていたなんて」

ひとりが頬を染めてうつむき、キリルはふと真顔になった。からだの芯がぎゅうっと緊張して、胸騒ぎが甘く溶けて疼きに変わる。

彼女たちはキリルがオメガであることを知らない。

でも、独り寝を続けるゲラシムがなにに焦れているのかは知っているのだ。これから、キリルが望まれる行為についても。

キリル自身にも急激に自覚が芽生え、もうそれ以上はなにも喉を通らなくなる。発情期は来ていないのに、心臓が早鐘を打ち、普通に息をしているのも苦しくなった。

それでも、彼女たちに悟られたくなくて、素知らぬふりでエラストを呼んでもらう。

ようやくゲラシムの居室へ向かうことになり、キリルは一足ごとに緊張を募らせる自分を持て余した。期待し過ぎている。そう思う。

あの一週間は特別だったのだと自分へ言い聞かせ、これまでと同じ扱いを望むべきだと何度も繰り返す。組み敷かれ奪われ、それでも要求に応える。従順な性欲処理動物であることだけが、オメガである自分の生きのびる術であり、アルファから求められる資質だ。

ゲラシムの居室の扉を叩いたエラストに促され、キリルはうつむいたまま中へ入った。

その耳に聞こえたエラストのため息にさえ、浴室での会話を思い出すことはない。暖炉の前の揺りイスに座っているゲラシムが、膝の上の本から顔をあげたせいだ。

キリルは即座に片膝をつく。

「王妃様から仰せつかりまして、投薬のために参りました。お休みのところを申し訳ありません。本日は到着の御挨拶を申し上げましたら……」

ゴホンとエラストが咳払いした。毛糸で編んだ上着の腕を掴まれて、立ち上がるように促される。

「この男の生真面目さは美徳だと思います。ですが、いささか頭が堅いのではないかとも。フェドート曰く、望みがあればあるほど頑なに否定するということですから、お取り扱いにはくれぐれもご注意を……」

エラストから背中を押され、キリルは部屋の中央へとよろけながら進み出た。

「ご加減はいかがですか……。病は見せかけと伺っておりますが、もしもどこか具合の悪いところがおありでしたら、荷物が届き次第に投薬を」

「特に問題はない」

答えたゲラシムの靴が絨毯を踏み締める。うつむいたままのキリルはわずかにあとずさり、ポケットを探った。着ていた服から移し替えておいた小箱を取り出して差し出す。

「王妃様から預かって参りました。殿下にお渡しするようにと」

「そうか」

短く答えて受け取ったゲラシムは、すぐに中を確認した。

「これは……」

驚いたような声が途切れる。

「なにか言伝はなかったか」

「いえ……大事なものだから、僕が手渡しするようにと」

「……どうして、顔を上げない」

いきなり言われて、キリルはまた後ずさる。その腕をゲラシムに掴まれた。それでも視線は上げられない。

顔を見るのが怖いのだ。自分の感情が止められなくなるとわかっていた。この部屋に入り、立ち上がる姿を見た瞬間から、会わないでいた時間の切なさが募ったからだ。

「キリル」

呼びかけられるのと同時に、ゲラシムは小箱を落とした。キリルが慌てて拾おうとしたが、両腕に動きを封じられる。

「あっ！」

抱きしめられ、思わず身をよじった。両手をゲラシムの胸に押し当てる。距離を取ろうとしたが、叶わずに腕ごと抱かれた。

「殿下……」

侍女たちの言葉が脳裏をかすめ、ゲラシムが待てないのだと思ったキリルは自分の上着に指をかけた。震える手でボタンをはずすと、ゲラシムの手に止められる。

「なにをしてる」

怪訝そうに聞かれて驚いた。少しでも早く欲求を満たしたいのでなければ、なぜ腕の中にいるのかがわからない。

「あの……お相手を……」

「キスもしないままでか」

「……すみません」

混乱したキリルは慌てて顔を上げた。せいいっぱい爪先立とうとしたが、緊張してしまった足はうまく伸びあがらない。ゆらりとからだが傾いだ。

「犬ゾリで来たんだ。風呂に入ったと言ってもすぐに疲れは取れないだろう。どうだった。爽快な気分だったか？　月夜は特に雪原がきらめいて美しい」

縦に抱き上げられ、あっという間に長イスへおろされる。ゲラシムは覆いかぶさるように背もたれを掴み、キリルがどこへも逃げられないようにした。

「きれいな景色でした……。殿下の心のように広大だと」

白々しい褒め言葉だと恥ずかしくなり、途中で口をつぐんだ。

深雪に降り注ぐ銀色の月光はおごそかでもあり、ゲラシムの凛々しい眩しさに似ていたと心から思う。だけど、口にすると陳腐だ。

「抱いて、いただけると……思って、参りました」

王妃からの依頼を受けたときから、キリルの本心はそれだけでいっぱいだった。たとえ相手にとっては排泄(はいせつ)の延長のようなものだとしても、心から求める相手に触れたくてたまらなくて。

そんな自分を浅ましいと思うことも忘れるぐらいでいた。

「……ならば、キリル。私の質問に答えてくれ」

「はい」

ローブを着ているゲラシムの肩を見つめ、キリルはひどく苛立っていたエラストの言葉を思い出した。キリルによく効く処方箋だと言ったのは、ゲラシムの機嫌を損ねずに済むということだろう。

なにを問われても、答えは『はい』。そう自分に繰り返して待つ。ゲラシムはゆっくりとからだを起こし、長イスから離れた。自分が落とした小箱を拾いながら、キリルに背を向ける。

「おまえは私のことが、あまり好きじゃないのだろう」

「……はい」

答えは、すべて『はい』。そう思い込み過ぎて、投げかけられた問いが頭に入らなかった。答えた瞬間にゲラシムが振り向き、キリルは呆然とその顔を見た。

精悍な頬が引きつり、やがて痛みを感じたように歪む。

「どこか、ご加減が悪いのでは……。お休みになって、くださ……」

慌てて立ち上がると、ゲラシムが大股に戻ってくる。その勢いに押され、キリルは長イスに再び腰をおろした。

「いま、私の言ったことを繰り返してみろ」

「……それは」

「聞いていなかったな。聞いていなかったから『はい』と答えたんだろう」

「……あ」

ゲラシムを怒らせたと思ったキリルは長イスから降りようとしたが、肩を掴まれて引き止められる。

「どうして、俺を救った」

拾ったばかりの小箱が、また長イスの下に落ちる。それを視線で追ったキリルの頬をゲラシムが両手で掴む。がっしりと固定され、目を覗き込まれた。視線をそらすことは許されない。

だから、キリルは涙を浮かべた。理由など聞かれるまでもないことだ。ゲラシムが生きていることを実感するだけで、胸に恋慕が溢れて止まらなくなる。

ただひたすら愛している。

「……生きて、いただきたく、て……」

「ひとつ間違えば、おまえが死んでいた。あれから一週間、おまえが壊れるんじゃないかと……私は」

「なにを……」

長イスに膝をついたゲラシムは、顔を上げたキリルをこれでもかと言うほど凝視した。心の中が覗かれるような恐ろしさに、キリルは声を引きつらせる。

「……手を、離してください」

「嫌か」

「そうでは……」

「遠慮せずに言ってみろ。聞く耳ぐらい持っている」

私を誰だと思っているのかと言いたげな態度さえ、キリルには心震えるほど眩しい。その通りだと思う。

だから、そっと手を伸ばし、自分の頬を捕らえている指に触れた。

「殿下に触れられると、切なくなります……。胸が、痛くて」

「私がアルファだからか。オメガのおまえを支配するからなのか。……おまえのことで、頭がいっぱいになるのも……」

ゲラシムの顔が近づき、キリルは目を伏せた。待ち望んだキスは硬く、あの夜のものとはほど遠い。

それでも、キリルの目に浮かんだ涙はハラハラとこぼれ落ちる。

「おまえも私のことを考えているのか」

キリルの涙を、頬を支える手で拭われる。ゲラシムは続けた。

「王立研究所の優秀な教授補佐ならわかるだろう。私に教えてくれ。この気持ちの意味を」

「……殿下」

「おまえとのことがアルファゆえだと思うと、はらわたが煮え繰り返る。……あの夜、兄上にも私と同じものを感じたのか。薄くても、あの人にもアルファの」

ゲラシムが言い終わる前に伸びあがったキリルは、自分からくちびるを重ねた。言葉が途切れ、ゲラシムの目がぎりっと細くなる。

「あなたらしくもない」

「私らしい……？」

ゲラシムの目元がさらにきつくなった。それを怖いとも思わず、キリルはふっくらと肉厚な男のくちびるをなぞった。

「あんな男はアルファの数にも入らない。思い出すだけで、虫唾が走る……。殿下のためだけのからだに……」

先端を押しつけられた記憶に、キリルはくちびるを噛んだ。奪われかけた恐怖よりも憎悪が先に立つ。

「おまえも、そんな顔をするのか」

言われてハッとする。

「怒った顔だ」

「……僕のことはどうでもいいのです。殿下のおからだで薬効を確かめるなど」

「まぁ、おかげでおまえの血を飲んだ。あのとき、感じていただろう」

指先を掴まれ、閉じた傷を確かめられる。そしてゆっくりと舌先でなぞられた。

「あっ……」

ぞくりと背筋が震え、キリルは身をよじらせた。その背中を抱かれ、長イスに倒されたのと同時に指をぎゅっと強く吸われた。

「あぁっ……」

背を反らしてのけぞると、爪の先をもてあそぶように舌を絡めたままで、ゲラシムが言った。

「それが正当な『つがい』の儀式だと、おまえは知っていたか」

言われて、キリルのからだから血の気が引く。くちびるがわなわなと震え、奥歯がカチカチと音を立てる。

「うなじを噛むのは、よりオメガを貶めるために作られた風習だ。オメガの肌を傷つけ、そこにアルファの血を混ぜ合わせる。だが古来の正式な儀式はアルファ性を極限まで高め、オメガの血を混ぜ合わせるんだ。おまえと私がしたように。……オメガがアルファを拒否していたなら、そのまま壊れる」

「……そんな」

もしも事実なら、過去にはオメガにも拒否権があったのだ。それを許せなくなったアルファが儀式の方法を自分に有利に変えて行き、アルファとオメガ両方のあり方が揺らぐことになったのかもしれない。

「フェドート教授は知っていただろう。知っていて、おまえには言わなかった」

「そういう人です」

キリルはふっと笑ってうつむいた。ゲラシムの意思を無視して交わす契約を良しとしないキリルの気性も見透かされていたのだ。

「殿下。これはだまし討ちも当然です。意に染まぬことなら、温情など不必要ですから、どうぞ……」

「おまえと『話』をするにはどうしたらいいんだ」

ゲラシムのついたため息が、わざとらしくキリルの鼻先をかすめる。

「ウルリヒの愛らしい少女たちからは、手強(てごわ)い相手だと返事が来たが……、こうもかわされるものか」

「あの子たちは、なんという失礼を……」

「おまえだけの王子になるには、どうすればいい」

「子どもの世迷言(よまいごと)です。お聞き捨てください」

「ほら、キリル。またかわした」

言われて、ふと息をつく。その通りだ。

ずっと考えないようにしている。たったひとつの真実だけは胸の奥深くへ沈め、理解しないように努めているのだ。

「なぜだ。私が信じられないか」

「殿下はアルファで……国を背負って行かれる方です。でも、僕は……」

「国を支える知識階級の中枢にいる、前途有望な学者だ」

言われても首を左右に振って否定する。

「……僕は、オメガです。だけど身の程知らずだ」

「どこが、だ。キリル。……逃がさない」

肩を押さえつけられたが、抗って身をよじる。恥ずかしくてたまらず、長イスから転げ落ちるようにして床に降りる。慌てて這ったからだを、ゲラシムはすぐに押さえに来た。腰を後ろから抱かれ、上半身が引き上げられる。

ゲラシムの下半身がぐりっと当たった。そこはすでに硬く張り詰め、キリルの息を上擦らせる。

「このままでいいんです……。このままで」

首を振って逃げたが、腰を掴まれて引き戻される。それはもう何度も繰り返した性行為をなぞる動きだ。後ろから突かれるときの快感を思い出し、キリルは突っ伏した。

息が上がり、からだが震える。発情期が突然に訪れたかと思ったが、そうではなかった。ただ欲情しただけだ。

愛する男にのしかかられ、熱をこすりつけられてたまらなく感じている。

「本当なら目を見て言いたいが、そうするとおまえはすぐにオメガだからと思うだろう」

腰をずらしたゲラシムの手がうずくまるキリルの髪を摘まんだ。

優しく片側へ寄せられる。

「殿下、どうかなにも言わないでください。僕はあなたが思う以上に貪欲で浅ましい」

「その浅ましさを打ち明けてみろ」

「……お許しを」

「私が言うか、おまえが言うか。どちらかだ」

ゲラシムがなにを言い出すのか。薄々悟っているキリルは首を左右に振った。

そんなことはありえない。そう否定するたびに、ゲラシムに引き寄せられ詰め寄られる。けれども。もしも、ふたりが同じ想いを抱えているとしたら。キリルの期待が現実になっているのなら。

自分が言う方がマシだと、キリルは思った。

感情が高ぶって息苦しい胸を押さえ、床に突っ伏したまま口を開いた。

「……あ、なたが……欲しいんです。人生のすべてが……。だから、優しい言葉をいただいたら、……きっと、もっと、求めてしまう。……愚かだと、嫌われたくない……」

いまのまま、からだだけでいい。

「心は、冷める……ものです」

ひとときの幸福だと受け入れるには、ゲラシムの存在は絶大になり過ぎた。先の別れを考えるだけで心は激しく乱れるほどだ。

「おまえの心が冷めても、私は責めない」

ため息まじりに言われ、キリルはがばっと身を起こす。ゲラシムの真摯(しんし)な瞳が待ち構えていた。

「私にも責任のあることだ」

「違います！」

「おまえはこうして私をかわして来たんだ。それを責めるつもりはない。おまえの立場になれば、私は傲慢な王族に過ぎないだろうからな。だが、これだけはかわさずに聞いてくれ」

キリルと向かい合い、ゲラシムは足を組んで座り直す。ローブの裾が乱れ、柔らかな生地のズボンが見える。

「私はおまえのことが、心から愛しい」

ふと反らしかけた顔を手のひらに支えられる。

「アルファとしてじゃない。王子としてでもない。ただの私人として、ひとりの男として、いや、ただの人間としてだ。……私のこの想いはつまり、恋だろう。どうだ、教授補佐」

「僕は、医師ではないので……」

おどおど答えると、ゲラシムは肩を揺らして笑い出した。両手でキリルの頬を包み、ずいっと胸を近づけてくる。

「愛しているよ」

堂々とささやかれる言葉は、キリルのどんな抗いも溶かしてしまうほど熱い。

「もうおまえは黙っているといい。すべては惚れた私のわがままだ」

くちびるが吸われ、キリルはうっとりと目を閉じながら震えた。現実が受け止め切れず、ゲラシムの両胸を力なく押し返す。

その手も握りしめられ、柔らかなキスで愛撫される。

「……殿下」

「愛の言葉以外は口にするな。できないなら、見つめていろ」

上着のボタンをはずされ、シャツをズボンから引き抜かれた。後ずさるキリルのからだは毛足の長い毛皮の上へ倒れ込む。

ズボンも剥がれ、キリルは心もとない気分で身を縮めた。

その腰にくちづけが落ち、肌を撫でる手に足を開かれる。

「……んっ」

息を飲み、声をこらえる。まだ頭がうまく働かず、かと言って制止の言葉も口に出せない。

「感じている声は、愛の言葉だ。キリル」

耳元にささやきながら寄り添ってきたゲラシムは、すでに衣服を身にまとっていなかった。

その体温を素肌に感じたキリルは身震いする。

「おいで。暖炉の炎よりも、私の方が熱い」

手を引かれて腰のモノを握らされる。

脈打ちながら質量を増すことが、アルファの欲望に由来するものではなく純粋な愛の証しだと言われ、その逞しさにキリルはくちびるを噛んだ。そっと指先に力を込める。

すると、ゲラシムの手もキリルの下半身に伸び、迷いながらも芽生えた愛欲のかけらを握り込んでしまう。

「あっ……ん」

優しく、しかし先を急ぐ動きで揉まれ扱かれ、キリルはたまらずに喘いだ。

「足は開いてくれ。うまく触れない」

「僕が、しますから……」

そう言って、寝転んだまま向かい合う。背中に暖炉からの熱気を感じ、ゲラシムがわざと離れている方を選んだと気づいた。

寒くないかと問うために顔をあげたキリルのくちびるはあっさりと塞がれる。続いて舌が吸い上げられる。

「んっ……、んっ、んぁ……っ」

夢中にならずにいられないキスが繰り返され、薄く開いたまぶたの向こうでゲラシムが微笑む。それはあの事件のあとの数日間と同じ表情だった。夢のような時間が思い出され、キリルは慌てて身を引く。

「おまえは本当に私を困らせる」

即座にのしかかって来たゲラシムは、楽しげに笑いながらキリルの胸を撫でた。震えて粟立つ肌をなだめるように繰り返し、期待に膨れる両方の乳首をそっと摘まむ。

それだけでたまらないほどの刺激を感じ、キリルは抑えきれずに叫んだ。

「あぁっ！」

「素直ないい声だ」

「だ、めっ……んっ！」

　同時に弾かれ、親指で柔らかく捏ねられる。じれったい快感がじわじわと募り、息をひそめかけたところで片方を強く指で扱かれた。

「あっ、あっ……あぁん……っ」

　溢れ出る喘ぎを抑えようと手でくちびるを覆ったが、ゲラシムはもうなにも言わなかった。ぷくりと膨らんだ尖りを舌先で味わうのに忙しいのだ。

　ぬめりにもてあそばれる乳首が押し込まれ、吸い上げられてまた転がされる。そして手とくちびるが入れ替わり、反対の乳首もねっとりと愛撫され、指にいじられる。

「うっ……ん、んっ……あ、あっ……っ」

　手のひらで塞いでも、声はゲラシムの動きにつられて溢れた。誘うような甘さを自覚したキリルは、それを浅ましいと思う。

　口ではどう言ってもからだは素直だ。並べ立てた言い訳が恥ずかしくなるほど敏感に快楽を貪っていく。

「あっ、あっ……殿下っ……」

　両膝を立てるように促され、開いた足の間にゲラシムが移動する。一度強く抱き寄せられ、くちびるをぴったりと合わせる深いくちづけにキリルは酔わされた。

　逃げることもできない舌先が探られ、ゲラシムの太い指が肩甲骨のくぼみを這う。びくびくと跳ねるように反応しながら身を寄せると互いの胸がこすれ、キリルはそれだけで淡い絶頂を感じた。震える息が止まらず、呼吸を求めて開いた口の中に指を差し込まれる。

閉じたまぶたの裏は暖炉の火を映したように赤く燃え、舌を指で扱かれる快感に腰がよじれた。すると下腹にゲラシムの切っ先が押し当てられ、キリルはたまらずにいっそう身を寄せる。

快感は勢いを増すばかりだ。知らず知らずのうちに両膝はゲラシムを挟み、よじらせているだけのつもりだった腰も、自分から悦びを求めて前後に揺れる。

「あっ……はっ」

「いやらしいな。もっと見せてくれ。私だけに……。私を求めて乱れるさまを」

熱っぽい目に求められ、キリルは恥じ入りながらも足を開く。

「もう……」

震えながら呼びかけると、先を促された。

「指を、ください……」

まだ口の中にあった二本の指が、上あごを撫でた。むずがゆいような快感と共にずるりと抜き出される。

「んんっ」

まるで甘だるさを飲み込んだように、熱は喉元を過ぎて腹に溜まり、じわりとキリルを疼かせた。

だから、ゲラシムの指が足の間にあるすぼまりを撫でても、潤滑油の心配はしなかった。

「びっしょりだ」

ゲラシムに言われるまでもなく、溢れた愛液の沼地になっている。差し込まれていく指の感覚に、キリルのからだがわななないた。

「うっ、んんっ！」

ぬるりと滑り、男の指を食んだ内壁は狭くすぼまる。絡みつく肉を節くれ立った指に広げられ、

「あぁっ……あっ、あっ」

差し込まれるだけで気持ちよさが募った。指が引き戻されるといっそう敏感になる。ずくずくと抜き差しを繰り返されるたびに、卑猥な水音は大きくなっていく。

「んっ、んっ」

乱れる鼻息をこらえきれず、せめて顔は見られまいと身をよじった。

「殿下……後ろから……」

耐え切れずに願い出たが、あっさりと却下される。指を二本に増やしたゲラシムはわざと中を掻き回し、キリルを喘がせた。顔を隠していた手が剥がされ、あごを押さえられる。

「今夜は初めから、おまえを見て繋がりたい。私を焦らしたここがどんなふうに甘えて来るか……、おまえもよくからだで知るといい」

「やっ……」

毛皮に広がった髪をさらに乱して首を振ると、キリルのからだから指を引き抜いたゲラシムは思いのほか悲し気に表情を曇らせる。凛々しい男が浮かべる哀切だというだけでも魅力的なのに、その上に重ねて、キリルは彼を愛している。

場違いにときめく胸が掻きむしられ、不安と欲望が入り混じっていっそう息があがる。キリルの目にはもうゲラシムしか映らなかった。

抱き殺されてもいいし、精神を破壊されてもいい。見つめられて求められる一瞬のためだけに生きたいと思う。

そんな破滅願望を見抜いているらしいゲラシムが小さく息をついた。呆れているようでいて、どこか物悲しい。

「言葉が悪かったなら、言い直そう。……私を求めて乱れるキリルを余すところなく知りたい。もうなにも言い訳するな。顔も声も、いやらしい本心も、私にだけ晒してくれ」

「ぁ……」

継いだ息がはかなく震え、キリルはごくりと喉を鳴らした。

浅ましく欲しがる姿こそがゲラシムの望みなのだと知って、萎縮するどころか、胸が高鳴る。からだが痺れ、開いた内ももがぞわぞわと、そのときを待ち望んで震えた。

ゲラシムが体勢を整えるのを待ちきれず指を伸ばす。

「んっ」

　男がこぼす欲望の息遣いを肌に受け、先走りで濡れている先端から根元へと手筒をずらす。それから誘い込むように引き寄せた。

「これを入れてください。殿下……、僕の中へ、入って」

　恥じらいながら甘くねだり、キリルは涙の滲んだ目でゲラシムを誘う。その瞬間、手の内の昂ぶりはビクンと跳ね、すぼまりからはずれた。

　だから今度は、さっきよりも強く掴む。自分で腰位置を合わせ、足を踏ん張った。揺らめかせた腰を浮き上がらせると、ゲラシムのからだが傾ぐ。

　しとどに濡れたすぼまりに大きく膨らんだ亀頭が押し当てられる。

「あっ……」

　ぐりぐりと突き立てられたものはこん棒のように芯まで硬く、そのまますぼまりを押し開いた。

「んっ……ん……っ」

　道をつけるように二度三度と腰を揺すられ、キリルは自分からも腰を押しつけた。

「あっ……はや、く……」

　口にした言葉の意味も理解できない。求める気持ちが逸(はや)り、翻弄され両手を伸ばすとゲラシムはいっそうからだを傾けた。キリルはその精悍な頬に指を滑らせ、夢見る心地のままで一心に見つめる。

「あぁ……殿下っ」

キスを求めて目を伏せたが、うっとりと感じ入っていられたのはそこまでだった。

窮屈なすぼまりの緊張をうまくほどいたゲラシムが、片膝を立ててキリルの腰を掴み、引き寄せた力強さで一気に奥へと亀頭を押し込んだからだ。

「ひぁっ、あぁっ……あーっ……ッ」

ずくずくと刺し貫かれ、いままでにない灼熱を感じたキリルは身悶えた。甘い悲鳴が絶えず洩れ出たが、ゲラシムは腰をよじらせてさらに奥へとからだをねじ込む。

「あっ……だめっ……それ、はっ……」

腰を掴む男の指に手をすがらせ、許しを乞おうとした。でも、キリルの指ごと腰を掴み直したゲラシムの真剣な目に迫られては言葉も出ない。

「感じていろ。キリル」

そう言われ、突き上げられる。

「ひ、はっ……ぁ、あっん……ん」

触られていない性器がゲラシムの腰遣いに激しく揺れ、からだの内側から快感の蕾をこすられて硬さを増す。それに気づいたゲラシムは、いっそう淫らに細やかに亀頭を動かす。

「触って……っ、触って。あぁっ、あっ、出る……っ」

ゲラシムの束縛から手を抜こうとしたが、指を絡められていてできない。なおも内側からの刺激が加えられ、キリルは泣き声を絞り出した。

「……ぅ、……ひぁっ。あっ……あぁ。あ、あっ……ッ！」

高まる射精欲をこらえるたびに息が弾み、声が甲高く響く。恥ずかしげもなく腰を振ったキリルは、なまめかしく汗ばんだ肌に細い髪を幾筋も纏（まと）いつかせ、下腹を引きつらせた。

互いの腰が動くたびに、男の生殖能力に乏しいキリルの膨らみが、ゲラシムの陰毛で撫でられる。

それさえ気持ちよく感じてしまい、キリルは両膝でゲラシムの腰を強く締めた。

「はぁっ、あっ、はっ……殿下……もうっ……」

我慢の限界を訴えると、

「出せ。そのまま」

息を乱したゲラシムが目元を細める。見られていることの恥ずかしさに、キリルはいっそう肌を赤く染めて身悶えた。

「あっ、あぁっ！　くぅ……っ、あぁっ……」

我慢ができるわけもなく、下腹部で渦を巻いた悦びがせり上がる。たまらずに腰が浮き、奥歯を噛んだ瞬間、先端から勢いよく白濁液を撒き散らす。

「あぁ、ぅ……、あぁっ」

手を使わない射精はもどかしさが加わり、倒錯的でいやらしい。浅い息を荒く繰り返し、キリルは達した衝撃をやり過ごす。

敏感になった肌は熱く火照り、ゲラシムを包む内壁がせつなくよじれる。

「んっ……殿下……っ」

腹に受けたキリルの精液をそのままに、ゲラシムは上半身を重ねて来る。ねっとりとしたキスをされ、その肩に指ですがった。

「待って、くださっ……」

「無理だ。キリル。もうおまえのからだは子宮口まで開いている。私を欲しがって下りて来たんだ。そうだろう……」

両足を持ち上げられ、からだがふたつに折り畳まれた。両ももの裏に乗るようにされると、キリルの腰が高く上がり、ゲラシムの昂ぶりがほぼ真上から突き刺さった。

「う、く……っ」

種付けの体勢を取らされたキリルは、愛した男の種を欲しがる自分のからだに気づかされた。ゲラシムが言う通りだ。

深々と貫かれ、先端が奥まった場所に当たる。そこは柔らかく口を開き、男の先端を艶(なま)めかしく受け止めていた。こすれるだけで悲鳴をあげそうになり、キリルは伸びあがるように身をよじった。

「どうして……っ」

　発情期でもないのにと戸惑ったが、種付けの体勢で押さえ込まれたからだは、覚え込まされた快感を期待している。わなわなと震える肌に底知れぬ恐怖を感じると、

「愛し合っているからだ」

　両頬のすぐ脇に腕を突いたゲラシムは当然だと言うように目を細めた。

　それは嘘だとキリルは思う。発情期でないのに子宮口が下りるのは、ふたりが『つがい』であり、オメガが相手を求めるからだ。

　求め合っているからじゃない。

　欲望を限界までこらえたゲラシムは、キリルがその気になるのを待っている。でも、その腰もやがては耐え切れずに揺れた。

「あっ、ふっ……ぅ……ッ」

　少し突かれただけでも、痛いほどの快感が身の内に募った。

「殿下……」

　弱く震える声で呼ぶと、くちびるを舐めるようなキスをされる。あやされた気分になり、キリルは戸惑う。

　ゲラシムは男らしい眉をひそめた。

「苦しいか」

「……お願い、します……ここは、突かないで……」

ゲラシムの脇の下から手を背中に回す。

「腰が動いているのは、おまえの方だ」

「んっ……でもっ……」

キリルは目に涙を浮かべ、ゲラシムを抱き寄せる。それだけでふたりはこすれ合い、キリルの奥がゲラシムの先端と濃厚なキスを繰り返す。

そのたびにゲラシムは息を殺した。身を伏せる獣のような息遣いに、キリルは泣きながらすがりついた。

「なにがこわい」

ゆるやかに腰を引かれ、ずるっと肉が動く。見つめ返したキリルは、それが戻って来ることを期待している自分に気づいた。

からだの中が痙攣を繰り返し、気が遠くなりそうに気持ちがいい。もっと激しく突き上げられたいと言いかけて噛んだくちびるを、舌先で舐められる。

「私の名前を呼べばいい。いつものように」

「いつも……」

しゃくりあげながら問いかけると、ゲラシムは男らしい美貌に柔らかな微笑を浮かべた。

「そうだ。あのときのおまえはいつも、私をゲラシムと呼ぶ。呼びながら、泣き叫んで、私のすべてを搾り取ろうと……」

そんなことを自分がしていたなんて、キリルには信じられない。でも言われて初めて甦る淫蕩な記憶があった。

我を忘れた自分の姿に、キリルのからだがきゅっとゲラシムを締め上げる。目元をしかめたゲラシムは、静かに息を吐き出した。

「あぁ……、キリル」

柔肉を蹂躙(じゅうりん)しながら腰が沈み、膨らんだ亀頭が最奥を押す。キリルの子宮口に当たった。

「はっ、あぅ……」

びくっと身を弾ませたキリルは大きく息を吸い込んだ。

「殿下……ゲラシム殿下」

じわりと、ふたりの導火線に火がつく。

「ゲラシムだ」

「……ゲラシム様」

「キリル。抜いてしまうよ」

意地悪く言われ、キリルは目を閉じて身悶えた。この状態で放っておかれるなんて、その方が耐えがたい。

だから、泣きながら男を見上げ、震えるくちびるを開く。

「……種を付けて……ゲラシム……。もう、だめ……。奥に、欲しいっ……」

深い緑色の瞳に映る自分を、キリルは見つめた。この男の瞳にはいま、自分しか映っていない。同じように、自分もまた、この男だけを見つめている。

その確信が身の内に秘めた欲望を溢れさせ、狂おしくしがみつく。求めに応じたゲラシムの激しい動きで真上から貫かれ、キリルは快感に泣き悶えて叫んだ。

「あっ、あっ、ひ……っ。あぁっ、あぁっ！」

男であるオメガの子宮口は女のそれとは違い、愛情深く繋がるほどに相手の亀頭を包み込み、まるで吸盤のように、だがそんなものとは比べものにならないほど繊細に吸いつく。

「キリル……キリル……」

夢中になって腰を動かすゲラシムにくちびるを貪られ、キリルはひたすらに喘いだ。飲み込めない唾液が溢れると、それもまた甘美な水だと言いたげに啜られる。

淫雑で卑猥なやり取りは、快感を募らせて積み上がった。キリルはたまらずに背を反らしてのけぞる。

「んーっ、んっ。……来るっ……あぁっ、来るっ！」

閉じているのも開いているのもつらいまぶたをせわしなく動かし、長い髪を乱したキリルは歓喜の声を振り絞った。

「一緒に……ぅ、きてっ……いっしょっ……あぁっ、あぁっ！」

「行くとも……っ」

「あっ、奥っ……いっ、きもち、いっ……ゲラシムッ……。きもちいいの、来ちゃうッ……んっ……ッ！」

ゲラシムが快感の象徴を深く沈み込ませるのと、快感で浮き上がるキリルの奥が吸いつくのはほぼ同時だった。

「あぁんっ！」

キリルがぶるぶるっと震え、ゲラシムも低く唸(うな)りながら腰を痙攣させる。

「あぁ……出てるっ。あなたの……」

何度も伸びあがりながら悶えたキリルは、のけぞり、かかとを震わせ、愛される喜びをすべて身の内に受けた。

ドクドクと脈を打つ射精で、熱い精液が奥地に迸(ほとばし)る。

「……だ、め……」

固定されていた足をおろされるのを拒んだのは、離れていくのがさびしかったせいだ。かぶりを振ると、ゲラシムに髪を掻き分けられた。

「重いだろう」

「……いいの」

なおも拒むと、繋がったままで膝に抱き上げられる。

「おまえのきれいな髪がもつれて……」

「……殿下」

「もう、呼び捨ては終わりか。惜しいな」

そう言われ、キリルは腕をゲラシムの首に回す。くちづけをそっとかわし、目を伏せた。

「……ゲラシム。僕の、アルファ」

愛しくささやきかけると、髪と背中を撫でさすっていたゲラシムの手が動揺したように震えた。

「そうだ。キリル。私の『つがい』。……運命の、相手だ」

見つめ合うふたりの視線が絡み、いままでは感じなかった照れにからだが熱くなる。頬を染めたキリルはふと笑った。

「……たっぷり、お出しになりましたね」

男振りを褒めたつもりだったが、

「あぁ、辛いか。風呂の用意をさせよう」

ゲラシムにあっさりと言われ、かわされた気分になる。

「いままでの言動は反省しますから、冷たいことを言わないで」

「ん？」

振り向いたゲラシムは首を傾げ、直後には気づいて笑う。

「だが、こうしていると、もう少し、おまえを可愛がりたくなる。例えば、このまま……」

言われながら揺すられ、

「あぅ、ぅん……」

キリルは思わず喘いだ。

「わかったか？」

「……わかりました」

うなずいたキリルは男の肩に手を置き、身を離す素振りで腰をねじりながらゆっくりと座り直す。放ったばかりだというのに硬い楔は、キリルの愛撫でびくびくと震え、また太さを取り戻した。

「自分がどれほどあなたに夢中か……わかりましたから。お願い……ゲラシム。もう一度……」

「おまえはいやらしいオメガだ。もうどこにもやらない」

強く顔を引き寄せられ、キリルは自分からも口を開き、舌を絡めることから始まる淫蕩なキスに応えた。

＊＊＊

カーテンの隙間からこぼれ落ちる光を眺めていたキリルは、胸を預けた男の胸筋をそっと指でなぞる。寝台の上のふたりは、どちらも一糸まとわぬ姿で柔らかな寝具の狭間(はざま)にいた。

光線の加減からして、朝はとっくに過ぎたのだとわかったが、深くは考えたくない。昨夜のことを考えると、またからだが燃えてしまいそうで怖くなるからだ。

「なにを考えている。当ててやろうか」

眠っているとばかり思っていたゲラシムが腕枕をしたままで体勢を変える。下半身を擦りつけられて慌てて逃げたが、腰を後ろから抱き寄せられて足が絡んだ。

「もう、研究のことを考えているな……」

「違います。あなたのことです。殿下」

「呼び捨てにしたのは、夜だけのことか……。まぁ、それもいいだろう。人が変わるおまえを見るのも楽しい」

そっとくちびるが押し当てられ、キリルは戸惑った。

「あの……殿下。昨日、もうどこにも……とおっしゃったこと」

「あぁ、言った」

「それはどういう意味でしょう。このまま、僕はあなたのそばに、その……、それが嫌なのではなくて……」

「やっぱり研究のことを考えている」

ふっと笑ったゲラシムは、それでも楽しそうに目を細めた。

「おまえから仕事を奪いはしない。発情期以外の性交も少しは我慢する」

「少しは……」

「それはどちらの意味の不満だ」

なおも笑い、ゲラシムは眉根を開いた。

「心配するな。おまえ以外の女を娶るつもりはないし、子を作るつもりもない。まぁ、その分、おまえに研究所を休んでもらうことになるが……、それぐらいの協力はしてくれるだろう。まさか、昨日の夜のすべては嘘だったと言うつもりか」

「いえ！　それはありません」

即座に否定したキリルはからだを起こした。

ゲラシムの愛情をかわしてきたことは身をもって知ったし、愛されていることは事実だ。戸惑いはしても否定はしない。

でも、それだけでは済まないこともある。

「あなたは王位を継ぐ方だ」

「王妃になるか」

「……冗談を」

キリルは気鬱に沈んだ。いつものようにうつむいたが、いまはゲラシムの方がキリルを見上げる位置にいる。表情はすべて見られていた。

「三代前はオメガを王妃にしたぞ」

「それは……」

オメガを次々と乗り換えた王のことを思い出し、キリルはいっそう悲しくなる。

「おまえは、私を誰だと思っている」

凛々しい言葉とともに足元にかかっている布を引っ張られ、キリルはハッと我に返った。布を引き戻し、下半身を隠す。

わざと裸を見ようとしたゲラシムはいたずらっぽく笑い、男らしい美貌を惜しみなくさらした。キリルの胸はまた早鐘を打ち始める。

「私はおまえ以外のオメガは欲しくない。あの王は、オメガと心が通じなかったんだ。だから、次々に乗り換え、それでも報われずに絶望した。王宮に隠された文献を読めばわかる話だ」

キリルを見つめたままのゲラシムが、もう一度布地を引いた。今度は抵抗を許さず強引に奪われる。露わになった膝を撫で、ゲラシムが頬を近づけた。

「愛されないということは虚しい。それはおまえに散々かわされてよくわかった。だからな、キリル。代役を立てればいいだろう。例えば、母上のところのあの侍女だ。しかるべき家柄の養女にすれば、輿入れなど簡単な話だ。大げさにすべきなら、母上の祖国の王族筋に頼んでもいい」

「それは彼女に酷です」

「なぜだ」

キリルの膝に頬を乗せていたゲラシムが起き上がる。

「母上は彼女を愛している。私が、おまえを愛するように。だから、反対はしないだろう。私の王妃にすれば、いつまでも一緒にいられる上に、母上が亡くなった後も安心だ」

「……それは、本当ですか」

キリルは唖然とした。しかし、ゲラシムは軽やかに笑うだけだ。

「ふたりの仲か？　本当だ。母上から直接伺った。歌劇へ出かけた夜に」

おそらく、トリフォンが仕掛けた王妃へのおぞましい計画と共にだろう。

「だから兄上がおまえをいたぶろうとしたときも強く出られたんだ。もしものことが私にあったとき、兄だけが生き延びることがないように、母上との相談は済んでいたからな。しかし、こちらが策略を立てるまでもなくて助かった」

「……王はお許しにならないでしょう」

「それもまた、やり方次第だ。あの人は母上がご機嫌なら満足だ。たとえ誰を愛していても。いつだって、一番強いのは奥方だ。……おまえも早晩そうなるさ」

笑い声を上げたゲラシムは、扉を叩く音に気づいて目を向けた。中へ入って来たのはワゴンを押すエラストだ。

朝食なのか、昼食なのかはわからないが、香り高い茶葉の匂いが寝台まで届いた。

「これは……お目覚めでしたか」

いつになく丁寧な物言いでエラストから会釈を向けられ、キリルは戸惑った。

「ゲラシム様、こちらが長イスの下に……」

寝台の向こう側へ回ったエラストが差し出したのは、キリルが届けた小箱だ。布をキリルの足に引き上げながら受け取ったゲラシムは、

「あぁ、そうだ」

と言いながらふたをはずした。中身を取り出すと、箱をエラストに返す。

「キリル。左手を」

「はい」

言われるままに出した手をゲラシムに掴まれる。そして、薬指にリングをはめられる感触がした。

「さすが母上だ。寸法もぴったりだ」

「殿下、これは」

なにをされても、キリルには問いかけしかなかった。ゲラシムの愛情をようやく受け止めたばかりだというのに、薬指に光るのは小さな赤い石だ。

「おまえへの婚約指輪として持たせてくれたんだろう。私の指には小さい。……不満か。受けてくれるなら、ひざまずいてもいいが……」

「や、やめてください。もう、これ以上は……幸せで息が止まる……」

「おまえがもう少し幸せに慣れたら、改めて求婚するよ」

そう言ったゲラシムは、戸惑うキリルの頬にキスをする。

「どうぞ殿下をよろしくお願いします。奥様」

いつのまにかエラストが膝をついていた。胸に手をあてながら頭を下げられ、

「ああ、え、エラストさん……」

やめてくださいまで言えず、キリルはゲラシムに肩を抱かれる。

「こうしてキリルは私のものになったわけだ。次はおまえの番だな。エラスト」

「なにをおっしゃいますか。私はこうしてゲラシム様にお仕えするのが……」

「そう言うならそれでもいいが」

「なにか」

「キリルの迎えということでフェドート教授を呼んでやろうか」

「どうして、あの人なんです」

エラストの眉がぴくりと跳ねる。そして、キリルに対していつもの冷たい視線を向け、

「余計な勘繰りはやめることだ」

ついさっきまでの丁寧な口調を忘れてあごをそらした。

「私は学者バカは嫌いです。わかってるような顔で疎いのもどうかと思いますが、したり顔の

男も……」

寝台から離れていくエラストの言葉に、ゲラシムが笑いを噛み殺す。

「殿下……。繊細な方なんですから」

わかっているようで疎いと言われたキリルが止めると、エラストがキッと振り向く。

「だから、違います！」

鋭く言われ、なにがどうなっているのか、キリルにはまるでわからない。

でも、楽しげに笑うゲラシムの声はいつまでも聞いていたい気がした。そして、抱き寄せられ、耳打ちされ、くすぐったさに身をすくめた首筋にキスされる、そのすべてが幸せだ。

布地の陰で下腹を探られ、キリルは思わず素直な吐息を洩らした。甘い欲情がふたりの間に滲む。

「ゲラシム様……。お慎みください。いくらオメガでも、馬車とソリでここへ来て、すぐにこの扱いでは……」

エラストがため息をつく。そして眉根を開いた。

「よろしい。フェドート教授を呼びましょう。ゲラシム様も、もう一度、あの男から説教をお受けになってください」

「おまえは何回受けたんだ。私が言っても聞かない男が、学者風情にはあっさり言いくるめられたな」

「言いくるめられてはいません！　私は、あなたが……、その男と幸せになれるようにと……っ」

「心から感謝している。だから、しばらくふたりにしてくれ。昨日の今日だ。キリルのからだの様子を見てやらなければならない」

口調は凛々しいが、淫心はすでに隠しようがない。

エラストの眉がぴくりと動き、

「奥様……」

と、これ見よがしにキリルを呼ぶ。

「いくら『つがい』とは言え、拒否権はありますよ。御身お大事に！」

言い捨てたエラストは床を踏み鳴らして出ていく。ドアは大きな音を立てて閉まった。

「不作法な侍従ですまない。あれでいて、尽くしてくれるいい男だ」

「そうでしょうね……。一緒に侍女を可愛がりもしたんでしょうから」

静かに言い切ってから、キリルは自分のくちびるを押さえた。

「おまえは息をするように嫌味を言うな……」

「も、申し訳……」

「かまわない。妻でなければ罰するところだが、おまえはもう……」

抱き寄せられ、キリルは自分からキスをした。

「はい。あなたの……」

その先はもう舌先に舐め取られて言葉にならない。

「今日はおとなしくしていよう」

ふと優しく微笑みかけられ、キリルは静かに首を振る。

「……我慢したくありません」

「そうか。ならば……」

のしかかってくるからだを両腕で抱き止め、キリルは逞しい背中に指を這わせる。そしてぼんやりと天井を見つめた。

「……発情期が来たら、僕はどうなってしまうんでしょう」

「私が必ず満足させてやる」

心配するなと頬を引き寄せられ、またくちびるが重なる。足が絡まる気持ちよさが性感に変わり、幸福過ぎて心がチリチリと焦げつくようだ。

涙をこらえたキリルは、もうなにも考えずに身を委ねた。

あれほど我が身を縛ったオメガという枷も、いまでは孤高の存在である相手を慰め、そして支えるための個性でしかない。そして相手もまた、アルファという資質で、『つがい』であるキリルの人生を守ってくれるだろう。

「あなたが好きです」

そうささやきながら、キリルは、腕に抱いた男こそが自分が運命の果てに選んだ相手だと確信する。

幸福は雪となって降り積もり、おそらくは春が来ても花に替わるだけだ。夏には葉を茂らせた木陰となり、秋には豊熟の実りとなり、そしてまたカザンノフの長い冬に、ふたりの幸福は白い雪となって舞い落ちるに違いない。

だから、溶けることのない永遠の愛をゆっくりと分け合うように、頬を寄せて抱き合った。

【終わり】

あとがき

こんにちは、高月紅葉です。

ダリア文庫からは初めての刊行となります。はじめましての方も、お馴染みのみなさんも、冬の国・カザンノフの物語を読んでいただきましてありがとうございます。

夏の発行なのに、豪雪です。涼しくなっていただけたら幸いです。

普段は他社で『アットホームヤクザ』という謎のジャンルで長編シリーズを展開しているのですが、今回の題材は『オメガバース』となりました。

男性なのに妊娠とか！　男性なのに子宮口とか！　メスイキの意味ないじゃん！

そんな声が聞こえてきそうなのですが、執筆はごく普通に楽しかったです。

発情期とともに出現する「子宮口」は、いわゆるメスイキとは違う感覚があるのではと想像すると、この世界は広い……と遠い目に……。

オメガバース設定のどこに面白さや萌えを感じるのかは、人それぞれだと思うのですが、男性妊娠を可能にして人類のヒエラルキーを再定義するというのは、なかなか奥が深いです。

今回はわたしにとって初めてのオメガバース設定でしたので、ごくごく標準的な部分を軸足としました。そしていつも通り、なるべくエロく、なるべく甘く。初恋過ぎて空回りする受。たっぷり愛しているつもりがまったく理解されていない攻。

最近になって、そんな攻が私の萌えなのかもしれないと感じ始めました。百戦錬磨が意気揚々と口説き落としたのに、肝心なところがすれ違っていて内心落ち込むとか……好きです。

と、オメガーバースの話でしたね。

オメガバースの設定は、男でも子どもを産める幸せな話が作れる一方で、それによってヒエラルキーの下層に落ちる話も作れるところだと思いました。なにをもってして幸福とするかという価値観への問いかけは、物語の根底に常在する大きなテーマですね。

読者の皆さんに対する、『物語』からの問いかけなのかもしれません。

でも、作者であるわたしからの問いかけではないのです。書き手というのは、ひとつのものごとを書くとき、ものごとに応じて価値観を右へ左へとスライドさせるので……。主義主張も登場人物任せで、テーマが的確に伝わるかどうかは、読者任せ。答え合わせも必要ないでしょうね。

ですが、もし、こういうことが読み取れたよと言うことがありましたら、ぜひ、教えていただけると嬉しいです。作品が読者の目を通して何色に映るのかは、とても興味深いところです。

あと、『単にエロかった』もありがたいご感想です。いつもあの手この手で頑張ってます。

書籍刊行・電子配信・同人誌頒布の情報は、ツイッターとウェブサイトにてお知らせしています。サイトはスマホ対応です。ツイッターは『高月紅葉』で検索してください。

サイト『紅葉屋本舗』(http://momijiya.sakura.ne.jp/)

最後になりましたが、この本の出版に関わった方々と、読んでくださったあなたに心からのお礼を申し上げます。また次も、お会いできますように。

高月紅葉

オメガバース、
奥が深いですね…!!
minato.Bob

初出一覧

ダリア文庫をお買い上げいただきましてありがとうございます。
この本を読んでのご意見・ご感想・ファンレターをお待ちしております。

〒170-0013 東京都豊島区東池袋3-22-17　東池袋セントラルプレイス5F
(株)フロンティアワークス　ダリア編集部
感想係、または「高月紅葉先生」「minato.Bob先生」係

この本の
アンケートはコチラ!

http://www.fwinc.jp/daria/enq/
※アクセスの際にはパケット通信料が発生致します。

アルファの淫欲、オメガの発情

2017年7月20日　第一刷発行

著　者
高月紅葉

発行者
辻 政英

発行所
株式会社フロンティアワークス
〒170-0013 東京都豊島区東池袋3-22-17
東池袋セントラルプレイス5F
営業　TEL 03-5957-1030
編集　TEL 03-5957-1044
http://www.fwinc.jp/daria/

印刷所
中央精版印刷株式会社